文学之都·青柠檬丛书

黎明街区

阿野 著

南京出版传媒集团
南京出版社

图书在版编目（CIP）数据

黎明街区 / 阿野著 . -- 南京 : 南京出版社，
2021.3
（文学之都 · 青柠檬丛书）
ISBN 978-7-5533-2733-4

Ⅰ . ①黎⋯ Ⅱ . ①阿⋯ Ⅲ . ①长篇小说—中国—当代
Ⅳ . ① I247.5

中国版本图书馆 CIP 数据核字（2021）第 027948 号

丛 书 名　文学之都 · 青柠檬丛书
书　　名　黎明街区
作　　者　阿　野
出版发行　南京出版传媒集团
　　　　　南 京 出 版 社
社址：南京市太平门街53号　　邮编：210016
网址：http://www.njcbs.cn　　电子信箱：njcbs1988@163.com
联系电话：025-83283893、83283864（营销）　025-83112257（编务）

出 版 人　项晓宁
出 品 人　卢海鸣
责任编辑　管伟伟　苏　牧
封面设计　朱赢椿　戴亦然
封面插画　风　四
版式设计　石　慧
责任印制　杨福彬

排　　版　南京新华丰制版有限公司
印　　刷　南京爱德印刷有限公司
开　　本　880毫米 × 1230毫米　1/32
印　　张　8
字　　数　159千
版　　次　2021年3月第 1 版
印　　次　2021年3月第 1 次印刷
书　　号　ISBN 978-7-5533-2733-4
定　　价　52.00元

用微信或京东
APP扫码购书

用淘宝APP
扫码购书

青春因文学而不朽

丁　帆

看到一句话十分感动："青春不死！"言下之意，就是《青春》杂志不死。而从广义的角度来说，这世间一切生命的理想和欲望都是想永葆青春活力的。然而，青春易老，驻颜难求，唯有文学才能使青春不死。

多年前，当方之在为筹办南京市的一个杂志而殚精竭虑、耗尽最后一息生命之时，中国文坛记住了 1979 年这个难忘的金秋——在那个充满着文学青春活力的时代，《青春》杂志诞生了。她照亮了许许多多文学青年圆梦的道路，几十年间，一批又一批的作家从这个摇篮中呱呱落地，在蹒跚中走向了诗和远方，她成了中国文坛培养青年作家的地标性刊物。

毋庸讳言，20 世纪 90 年代的商品文化大潮无情地冲击着人们的文学理想，当文学成为消费文化的奴仆时，青春不再了，"青春几何时，黄鸟鸣不歇"（李白），"泥落画梁空，梦想青春语”（吴文英）。这样的悲凉却是几代文学青年心头之痛。然而，在21世纪的第二个十年到来之时，带有“青春”标识的文学复活，则搅动了新时代文学青年的青春之梦，她会又一次成为新世纪文学新人的摇篮吗？《青春》作为一份以培养文学新人为办刊宗旨的杂志，尽管有许许多多困扰羁绊当道，但是她主办的“青春文学奖”35年后的重启，无疑吹响了召唤“青春文学”的号角。在这里，我们看到了文学的希望——《青春》杂志把文学青春的触角伸向了大学校园，新一代有知识有文化有识见的青年作者从这里出发，迎接他们阳光灿烂的文学日子，即使再有暴风骤雨的时刻，他们也必定以青春的名义，向这个世界宣告：我们来了！

第六届“青春文学奖”以青春开路，将获奖作品结集出版，定名为“文学之都·青柠檬丛书”，其中包含了获奖的5部长篇小说和5部中短篇小说。无疑，冠以“文学之都”，其用意不言而喻：也正是在《青春》创刊40年后的2019年又一个金秋时节，南京被联合国教科文组织评为“世界文学之都”，《青春》也唤回了自己的第二青春期；“青柠檬”则预示着青春文学在青涩中的又一次崛起，她象征着大批的青年作家将从这里起航，走进成熟前的那份没有被污染的清纯境界，走进那个青春萌动的憨态可掬的创作流程之中。

浏览这些作品，我仿佛看到了一种原生态文学写作者对创作的虔诚与庄重，从中既看到了文学未来的希望，同时也看到了他们在成长中需要磨砺的青涩。

在五部长篇小说中，第一名是空缺的，这充分体现了评委会的严谨态度。以我的陋见，这批作品正是成长中的作品。

宋旭东的长篇小说《交叉感染》以变幻着的第一人称与第二人称叙事视角，灵动地展现了作者对生活的深刻思考。时空的变幻，让小说具有了来之不易的成熟和韵味，也让书写脱尽铅华，不显造作，使作品的生活气息显得自然贴切。显然，它的理性哲思通过形而下的形象描写，让读者从中嗅到了青春的气息。

《自逐白云驿》来自一个日本大学社会学专业学生的手笔，其小说也是在时间和空间、现实与梦幻中展开抒写的翅膀，思考的却是生存哲学问题。作品是一部成长小说。作者春马对人性的思索充满深刻的探究和剖析，沉湎于形而上的描写之中。从某种意义上来说，这类作品如果能够完成小说从形而下到形而上，再到形而下的描写过程，或许会更能够打动读者。

阿野的《黎明街区》描写年轻一代人迷茫的人生境遇，青春的痛感与生活的无着，在作者形而下的生动描写中得以充分体现，所形成的作品张力，让人感到无边的生存困惑无处不在。所有这些生活景观都在作者细致的描写中得以较好地呈现，也体现了作者对青春迷茫期的人生叩问与沉思。

钱墨痕作为一个已经在中国现当代文学专业学习的年轻学子，他的《俄耳普斯的春天》虽然过于讲究从主题出发来建构小说的肌理，但是，也写出了被时光和世人之眼“石化”的人物从幽冥的黑暗中提点到阳光下的复活，从这个意义上说，作者对于这个世界形而上的思考是有一定深度的。

高桑的《火速逃离平江路》通过一个儿童的限知视角和一个全知视角，以交替的眼光来展开对世俗生活的描写，虽然没有君特·格拉斯那种具有荒诞性的结构和观察世界的独到之处，以及深刻的哲思，却也写出了人物命运的艰辛，不乏对生活的深入思考。作品对平凡人物的心理描写和市井生活的摹写，也有其独到之处，显示出作者较强的生活洞察力和深切的人文关怀。

在得奖的五部中短篇小说当中，《狂想一九九三》属于那种以澎湃激情取胜的作品，情感抒发一泻千里；而《花朝鲁》则是一篇舒缓的抒情诗；《镜中人，镜中人》是在写实与想象的时空之间，展开故事的叙述，具有一定的小说张力；《木兰舟》以浪漫主义的笔法抒写了一个异乡人的边地故事，以城市文明为参照，反思了两种文明的双重悖论；《心梗》对日常生活的描写，展示了一种对人性的思考。

在这些小说中，我们看到了作者进入文学创作状态下的那种激情与青涩，同时也看到了那种青春创作期的兴奋与亢进，以及在愉悦之中成长的烦恼。随着坚持不懈的努力，他们会在逐渐成熟的过程中完善自我，获得看取世界的生活经验，极大地丰富创作的能力和把握文学主题的信心。

作为一个历经沧桑的文学批评者，我更希望我们的年轻作家能够在广泛阅读的基础上获得认识世界、理解社会的经验。因为许许多多的创作经验并非在习焉不察的生活中获得的，恰恰相反，许多前人对世界和人性的认识，是确立我们世界观和价值观的坐标，能够成为触发我们创作动力的源泉，也是让创作能力永不枯竭、永葆青春的驱动器。

青春不老，文学长青！

（作者系南京大学文学院教授、南京大学学术委员会委员、中国现代文学研究会会长、中国作家协会理论委员会副主任）

一

一个沉闷到令人怀疑世界停滞了的下午，周睽第三遍翻到娱乐杂志最后一页，空虚感还是萦绕不散。周睽觉得自己需要有人给她空虚的大脑来一棍子，再一声断喝把她从无意义的冥想中拽出来，但是没有棍子，也没有棍子敲击的闷响和拨云见日的断喝，只有手机在桌子上响了一下，大概是老师又发了什么通知，暂时不看也罢。一片空白。周睽食指按在太阳穴上，闭目凝视大脑中的那片空白，希望空白里可以冷不丁地冒出别的什么有实际意义的念头。然而只是徒劳，什么都没有。

她伸了个懒腰，活动一下酸痛的身体——后天还要去医院——把杂志收起来，杂志封面上的笑容甜美的女星被英语书遮挡得严严实实。那个女星叫什么来着，周睽迷迷糊糊地回想着，刚看的又忘了，算了，对她来说也不是什么重要的事情。

周睽躺在床上，这两个字在脑海里挥之不去，无意义地重复冲击着她又木又钝的脑神经，不断地产生空洞的回响。

进入十一月份，温度开始时不时地掉到零度以下。北方暖气的强大常常超出周睽的想象，璇哥穿一件肥大的T恤在宿舍里晃来晃去的场景几乎每天可见。

璇哥是女生，周睽的室友，睡在周睽对面的那张床上，经常沉浸在自己的世界里，对周围任何引人注目的事情都缺乏足够的兴趣。她生活中最引人注目的事物就是床上挂着的那个帘子，上面印着中国古书里的妖怪一般的图案，进门格外显眼。那是《山海经》里的人物，璇哥有一次这样解释。

真怪，周睽在此之前没见过女生把《山海经》人物图案挂在床上。阿姚——宿舍里的另一个同学——经常对此表示不满，她说她晚上去卫生间的时候经常被那些乱七八糟的东西吓到。璇哥则说阿姚是在撒谎："胡说！你晚上根本没去过卫生间，你不敢去！"雪鹅——宿舍里的第四个同学——也坚持说从没见过阿姚半夜去卫生间。

阿姚根本说不过她俩或者她俩中的任何一个，周睽觉得阿姚只是脾气有点差，其实她吵不过任何人，但这不影响她坚持不懈地表达自己的不满。过了一段时间，阿姚也挂上了床帘。阿姚的床帘更夸张，上面印着一幅西方的油画，一群金发碧眼、体态婀娜的女性，似掩非掩地披着薄如蝉翼的轻纱，和璇哥挥斧弄枪的山海经怪物遥相呼应。

"这是什么？"璇哥强忍着笑明知故问。

阿姚不理她。过了一阵子雪鹅也凑热闹买了床帘，终于是正常点儿的了，白底粉格。接着三个人齐心劝说周睽买个床帘。

室友催了半个月，周睽终于决定买了，也可能只是想买个清净。挂上的时候费了好大的劲儿，光是拼装支架就够呛。周睽看说明书看了半天，还是找不到图上对应的每根杆子应该怎么拼接到一起。周睽足足拼了三个小时，中间甚至还联系了卖给她支架的客服，她很不好意思地问客服姐姐，该怎么把这些看起来一模一样的支架区分开来然后拼在一起。客服很有耐心地告诉了周睽详细步骤。

“明白了吗？”是个声音温柔又有耐心的姐姐，和周睽通话了十分钟。

“明白了，谢谢。帮了大忙。”

“不客气，有问题随时联系。”

“嗯嗯，好。”

不，周睽根本没明白。

她沮丧地坐在床上，看着横七竖八的金属杆，懊恼得想把床拆了。莫名其妙，她窝着一肚子火想，我为什么要挂这个东西？简直莫名其妙。

扯远了，不过周睽的视线在床帘上停留的时间一久，就很容易想到这些乱七八糟的事。躺着也完全得不到休息，大脑疲倦，却不停地胡思乱想。周睽觉得很不舒服，就下了床，走到阳台上。

她这才意识到天已经完全黑了下来。从阳台上望去，下面隔着一条三米多宽的路，东边是操场。在融成一片的昏黄路灯下，夜跑的学生和附近的居民变成流动的黑点，轮廓时而清晰时而模糊，以不同的速度和轨迹绕着塑胶跑道移动，把夜色搅动得热闹不已。操场旁边的网球场伫立在热闹之外，没有打开灯光。一个穿着白色运动衫的男子像瘦弱孤独的幽灵一样，无声地俯身捡地上散落的网球，然后扔到球篮里。暗沉沉的暮色中划出的黄色的弧线，末端准确地落入球篮，激荡出略显沉闷的撞击声。紧邻着网球场外边，有一棵高大的银杏树，金黄色的树叶飘过球场高高的护栏，在场地的右侧铺了薄薄的一层。银杏叶的金黄色在暮色里也显得色泽暗淡。

瘦弱的男子踩着银杏树叶，在没有光的暗沉沉的网球场里不停地捡球，周暌就趴在阳台窗户上，呆呆地看着这一场景，像在观赏画质不佳的无声电影。阿姚伏在书桌前抄写英文，感到背后有丝丝寒意，扭头看到周暌趴在阳台上一动不动的背影。

“小暌，把窗户关上，冻死我了！”

“哗——”周暌把推拉窗关紧，转身走回去，宿舍里面果然比开着窗户的阳台上暖和不少。

“我刚刚只是想给全校供暖。”周暌看着阿姚严肃的后脑勺，突然想开个无聊的玩笑，“这样你去上课的路上就不会那么冷了。”

阿姚皱着眉头瞥了她一眼，又把头转回去扶了扶眼镜，她表情严肃地盯着英文课本，像在警告周暌请勿打扰。周暌只好百无聊赖地回到自己的书桌前。没有收拾的课本和笔记还摊在桌面上，上面密密麻麻的红黑色交杂的字迹紧紧地盯着周暌，令周暌心烦意乱。她合上教科书和笔记，收进抽屉，呆坐了片刻，从书桌上方的一排简易书架上又抽出了刚才的娱乐杂志。杂志上还是那个今年人气居高不下的女演员，穿着极其节省面料、似露非露的白色纱裙，向镜头展现她美丽而精致的笑容，像陈列在糕点房橱窗里的精致奶油蛋糕模型。

我为什么要买这种杂志？周暌厌恶又后悔地想。

杂志是她昨天下午买的。昨天下午没有课，周暌午觉起来，就准备出门了。

“你去哪儿？图书馆吗？”阿姚盯着在门边换鞋准备出门的周暌，她明明看到周暌没有背书包。

“嗯。”周暌头也不抬，专心致志系鞋带。

“可你没背书包。”阿姚狐疑地看着她。

“那就不去图书馆了。”周暌狡猾地笑笑，故意跟她绕圈子。

阿姚拧起眉头，忍着没有继续追问。

阳台上雪鹅的歌声戛然而止：“小暌你去干吗？”又来了又来了，周暌把鞋带使劲儿一系，不小心勒到了手指：“我去图书馆。”

“她不是去图书馆。”阿姚大声戳穿她的谎言。可惜雪鹅没有在意，看来并不是对她的去处感兴趣：“那你帮我把垃圾扔出去可以吗？谢谢你，宝贝。”

“好的，雪鹅。”周暌利索地取出雪鹅垃圾桶里的垃圾袋，满满一袋子的垃圾，混着昨晚外卖的炸鸡味儿和今早的酸奶味儿。

“再见朋友们，我走了。”周暌夸张地朝她们挥手告别，把阿姚拧着眉毛没说出的话结结实实地关在了门内。

周暌是去医院。她很讨厌去医院，因为从学校的不管前门还是后门，到医院的不管前门还是后门，不管走哪条路线搭哪路公交，都无法避免至少要穿过一次斑马线。她不擅长过马路，每次看红绿灯都让她很紧张。面无表情的交警，疏通道路的志愿者，步履缓慢的老人，穿着校服叽叽喳喳的学生，表情严肃的上班族，推着婴儿车的年轻母亲，有时还有闯红灯的人。这一个方向的车辆停下了，那一个方向的车辆开始移动，顺畅地滑过弯路，行人顺着车辆小心翼翼地行动，还有偶尔响起的急促的刹车声和咒骂声……这一切都让周暌很紧张。小时候和爸爸一起过马路，她一不小心就会被爸爸甩在身后。

她在医院做了个检查，不记得那个检查项目叫什么名字，只记得她躺在那里，被要求掀起上衣和胸罩。给她做检查的两个大姐姐在她上身涂上冰凉黏稠的液体，然后就用一个触头在她身上来回移动，滑溜溜的。周暌闭着眼睛，耳边是机器发出的滴滴声，还有偶尔的敲击键盘声。两个大姐姐用一种没睡醒的语调，聊着门口那家新开张的日料店的老板。这一切都让周暌有种羞耻感和不真实感，就在她觉得眼泪要出来的那一刻，检查刚好结束了。

“好了，起来吧。”

大姐姐扯出一团白花花的纸巾递给她，周暌默默地接过去，粗略地擦去身上涂的冰凉的黏稠透明液体，就穿上衣服走掉了。因为走得过于慌张，她并没有把那些液体完全擦净，黏糊糊冰凉凉的感觉还残留在皮肤上面，让她很不舒服。但是从检查室走出来之后，没人知道这一点。周睽眼角还蓄着刚才莫名其妙的眼泪，那滴眼泪由于缺乏足够的理由流出来，所以羞于露面，只是湿润了一下眼角，打个转又回去了。

检查单上写着“病变”这两个字，“右乳病变”，“病变”到底是什么意思？周睽对这个高中生物课本上经常出现的词语突然出现了困惑：“病变是什么病，是肿瘤吗？”

“是肿瘤，不过现在很小很小。”医生用一种很轻缓的语气对她说，眼神里似乎还有一点怜悯——一个十七岁离开家乡来这里读大学的女孩，独自在医院里接受肿瘤的事实。这个女孩看上去比实际还要小，更像个高中甚至是初中生。

“不要紧的，很多女性都会出现这种情况，用不着手术，先吃点药吧。”

“嗯，好。”

周睽露出一个笑容，宽慰医生。

从医院出来已经是晚上六点多，周睽没想到会在医院附近看到同学，确切地说，是被同学看到，还是班上的一对情侣，丁琪和裴铭。

“小睽？”丁琪看到报亭旁熟悉的身影，惊讶地叫出声来。周睽转身看到丁琪和裴铭，吃惊又尴尬。

“你在这干吗？”两人都注意到了几米外的医院大门。

“买杂志。”周睽抓起了身边报亭的一本杂志。

为什么非要拿这本杂志呢？旁边好像还有漫画书的。周睽烦躁地把杂志翻得飞快，沮丧得无以复加。

“璇哥你在干吗？”

“做PPT。你不是上午把文案发给我了吗？”璇哥也没有回头，周睽觉得她再不回头自己就要哭出来了。

“做得顺利吗？”

“还好。”璇哥终于回头了，很奇怪地看她一眼，“你有事儿？”

“文案有什么需要修改的吗？哪里做成PPT不太方便？你跟我说，我可以改一下。”

“没。你到底什么事儿？”

周睽不吭声了，只是摇摇头，璇哥没有看见，当然她只是需要周睽的沉默就好。

当时周睽还不知道，一个月后她已经坐在了八百公里外的家里，跟父母发生了一场惯例又绝望的争吵。就像一个月前，她还不知道自己的右乳已经在静静地病变，在她跑到图书馆借书的时候，穿梭在逸夫楼走廊找教室的时候，去食堂吃饭跟同学打招呼的时候，还有老师点到她的名字时站起来流利地回答问题的时候，那些病变的细胞一直静静地在她右乳里呼吸、分裂、生长，她却对此浑然不觉。

周睽请了假，不过当然不是那个小得令人沮丧的肿瘤让她无法去上课，只是她早上尚未清醒的时候，不知道怎么回事一脚踹到了床头的铁护栏上，脚趾头痛得钻心，立刻把她从混沌的梦中拽到疼痛的清醒里。周暌抽筋似的伸直了腿，似乎要让那只害她那么痛的脚离她远一点儿。

突然有手机响起了闹铃，在清晨安静的宿舍里格外响亮，然后周暌听到手机主人含糊不清的低声咒骂，清脆嘹亮的闹铃戛然而止。有人重重地翻身，有什么掉地的声音，轻飘飘的闷响。周暌在脚趾头疼得龇牙咧嘴的时候还抽空考虑了一下那掉下来的是枕头还是被子，不过她很快就觉得自己是多操心，因为根本没有人起来捡。

脚上的痛渐渐妥协，不再那么剧烈了。周暌坐起身来，想爬梯子下床去——她们是上床下桌——结果一脚又踢到了铁梯子上。

周暌一翻身重重地把自己扔回床上，咬着牙恨自己的脚。恨着恨着突然懈了劲儿，长长地叹一口气，脑子里冒出一个消极的念头——她不想去上课。

她请了假，没有去上课。这是周暌头一次跟辅导员请假，还是半撒谎的性质，她把昨天医院的诊察单子拍个照给老师发了过去，说今天要再去检查一下，然后顺利地得到了准假。

得到准假之后，周暌在床上躺得心安理得，甚至还睡了个回笼觉。到了十二点多，舍友们拎着热腾腾的午饭回宿舍时，大脑昏沉的周暌还没有吃这一天的第一口食物。平常总是五点四十准时起床的周暌，没想到自己居然这么能睡。

第一个回来的是雪鹅，她本名叫陶雪儿，但是雪儿刚入学时把“二”读成“饿”的口音给大家的印象实在过于深刻，名字就被大家叫成了雪鹅——虽然雪儿能把自己的名字读标准。

“你吃过饭了吗？”雪鹅开门就碰上了周睽投来的视线。

“吃了。”周睽百无聊赖地看着自己的桌面，点点头。

“好，那就好。”雪鹅把米饭和菜放到自己书桌上，脱下大衣，打开电脑，点开了最近热播的电视剧。

阿姚是和璇哥一起回来的：“嗨！”周睽也笑着回应：“嗨！”她本想借谁的课堂笔记抄一下，但是又打消了这个念头。

“你前天的小测试卷子，发下来了。”阿姚递过来薄薄一张纸。她又是最高分，周睽的专业课成绩很好，这是当然，她很努力，可即使如此也没有得到今年的学校奖学金，事实上，她连申请学校奖学金的资格都没有。周睽的综合测评分数是九十四点四，被评为C等级，而她上面那个同学，九十四点八，就是B等级。B等级以下不能申请校奖学金，这是规定好了的，所以周睽没有资格。她不知道那个综合测评的等级是怎么评定的，只是偏激又心虚地觉得不公平。

我在乎的根本不是奖学金，周睽在心里对自己说，试图说服自己。我在意的是一个肯定。为什么肯定总是来得那么艰难呢？

“你这样没有用。”周睽的脑海中浮现出一个中年男子的面孔。“你这样不行。”

“这不公平。真的，阿姚，这是不是不公平？”周睽大声问阿姚，用自己的声音赶走脑海中的影子。她把手里的卷子甩得“哗啦哗啦”响。心里有个声音在制止她说下去，但被她无视了。“我本来想用奖学金的钱买下一套恐龙大百科的，你知道百科书有多贵吗？”

“你是说奖学金？”阿姚正收拾她桌面上的书，她永远都要收拾她的书，“可是你参加活动不积极，所以综合测评等级才会这么低，能怪别人吗？”周暌无话可说了，学校的活动她确实没有积极参加。唯一一次参加的演讲比赛，她晋级到决赛，结果临场忘词，成了全场最尴尬的倒数第一。

“好看吗？”雪鹅站到她们两人中间，把脸凑过来，不知道什么时候化好了妆。“你去约会？”阿姚又开始皱眉。雪鹅嘻嘻一笑：“是和隔壁学校的联谊。”

“看吧！你什么时候像雪鹅这样，保证综合测评A等。”阿姚翻了个白眼，不知是讽刺雪鹅还是讽刺周暌。

“要去吗，小暌？”雪鹅嬉笑着问她。周暌沮丧地摇摇头。雪鹅却来了兴致，轻轻一跳，一屁股坐在阿姚的桌子上，跷起二郎腿：“听说他们学校帅哥挺多的。”

阿姚推她：“你下去——你给我下去——你怎么这么爱坐我桌子上？”

雪鹅依旧纹丝不动，饶有兴致地反推了阿姚一把：“既然小暌不去，阿姚你跟我一块儿去吧。真的，说不定有适合你胃口的男生。”阿姚眉间皱出一个深深的“川”字，她扶了一下眼镜，鼻孔都在夸张地表达不满：“你可闭嘴吧！”

“真的！有个男生是学国际政治的，也是大二。他们院学生会里的一个部长，估计大三就能当会长了。”阿姚又扶了一下眼镜，每次她想掩饰什么时，就会频繁地扶眼镜：“国际政治？”

“骗你我从现在开始单身到毕业。”

阿姚觉得这个誓对雪鹅来说够毒了。而且——阿姚有点犹豫，国际政治专业对她挺有吸引力的，雪鹅和周暌都知道，她当初选国际政治的双学位没选上，因为只有十二个人报名，还不够开一个班的。

“什么联谊？”阿姚语气还是很硬，不过话头松动了。

“志愿者协会啊！你忘了吗？我是青协的。”雪鹅说这话的间隙，对周暌使了个得意的眼色。

“我又不是你们青协的！”阿姚狠狠瞪了她一眼，“你快点给我下来，我要收拾桌子。”

“没人关心你这家伙到底是不是青协的！放心吧。我带你进去，保证没人问你。啊，对了！我还可以给你个青协的小牌子，我们青协的会长给了我好几个牌子。”雪鹅咯咯笑着，从桌子上跳下，转到周暌椅子后面，把手搭在周暌肩膀上。

“嘿！别碰我的肩膀！”周暌捏着嗓子学阿姚的腔调叫道。

阿姚气疯了：“你们给我闭嘴！”

周暌乖乖闭了嘴。雪鹅像电视里演技不佳却十分自信的女演员一样哈哈大笑，她上前拍了拍阿姚的肩膀，假装认真地对她说：“阿姚，你可真是个不可多得的好女孩。真的，你的确是个百分百的好女孩。全学院，不，全校第一的好女孩。”

说完，雪鹅夸张地一边笑，一边开门走掉了。

阿姚气鼓鼓地看着周暌，周暌耸耸肩，转过去准备打开书。阿姚不甘心地说道：“她准备翘掉下午的课！”

“她有学校批准的公假，这是校间联谊，又不是真的小男生小女生约会。”一直没有说话的璇哥在床上蒙着被子闷声说，“拜托你们安静一会儿，我还想睡觉。我下午还要在课上做PPT展示。”

阿姚无视璇哥的抗议，继续对周暌说：“听我说，周暌，我觉得就是不公平。”

“什么？”

“我说你的奖学金，你应该得到奖学金的，可是没有。”阿姚态度转变得有点快，“既然是奖学金，就应该奖励好好学习的人。什么破活动，参加那种破活动能让学生变成好学生吗？学生参加的活动越多，他们就越堕落！”阿姚说得语无伦次，差点从椅子上摔下去。

周暌愣了一下，才察觉到阿姚不是在为自己辩护，而是在向雪鹅撒怒气。她突然不可遏制地笑起来：“哈哈哈哈哈，阿姚，雪鹅说的没错，你真是个全校第一、不可多得、百分百的好女孩。”周暌笑得眼泪都出来了，虽然她也不知道哪里好笑：“啊，我忘了，抱歉璇哥，你睡吧，我闭嘴。”

周暌笑完，泄气地想，自己就不该提起奖学金的事儿的。中年男子的面容再次冒出来，周暌拼命地无视。

下午上完课，只有璇哥回来了。阿姚终究还是被雪鹅一个电话叫走，去参加了联谊会。晚上周睽食欲不振，看见食堂的饭就觉得胃里饱得要吐了。她溜去便利店买了两大袋切片面包和四袋牛奶，回宿舍的时候感觉自己像个过冬的松鼠，小小的一只，而且灰头土脸的。

阿姚和雪鹅回来的时候，已经过了宿舍晚上十一点的门禁。两人硬着头皮打电话叫醒了宿管阿姨，在楼下被骂了个狗血淋头。

阿姚推门进宿舍的时候全程黑着脸，雪鹅倒是兴致很好的样子——雪鹅永远都是兴致很好的样子，就像她永远都觉得自己很漂亮——她的确漂亮，漂亮而且精致。“看！”她把手机拿给周睽和璇哥看，是一张照片，照得有点不清楚，应该是联谊的会场，晃来晃去的人影，上方悬挂着五颜六色层层叠叠的装饰彩带，桌子围成一圈儿，椅子却东一个西一个乱糟糟的。桌面上散落着瓜子壳、彩纸和矿泉水瓶。扑面而来的喧哗感。

“真热闹。”璇哥瞄了一眼，说。

“你看这里。”雪鹅放大了那张照片，用手指着照片里的一个角落。是个坐在角落里的男生，正在拧一个矿泉水瓶的瓶盖。看上去很安静。“侧脸帅吧？”

与其说是帅，不如说是有种干净的感觉。

“嗯。”璇哥点点头，“可惜不是我的类型。这种男生应该不缺女朋友吧？你看上他了？”

“哈哈哈。”雪鹅不置可否，却笑着瞥了一眼阿姚。阿姚立刻气急败坏："我就说了不该跟你去的！你嘴里没一句真话！"阿姚脾气很暴躁，随时都会气急败坏，也正因为如此，她即使发火大家也都不怎么当回事儿。激怒阿姚似乎成了雪鹅的乐趣之一，而阿姚也总是乐此不疲地上她的当。

周睽试探着问："这是那个国际政治的男生？"

"不是。"雪鹅撇撇嘴。周睽觉得莫名其妙——即使继续问，也一定是莫名其妙的回答，所以她没再追问下去。

"给我点面包，小睽，我今晚没吃好。"周睽递给阿姚一片面包，阿姚黑着脸接过去，看样子是不想搭理雪鹅了。吃完一片她又拿了一片，面包吃得咬牙切齿，似乎是要用面包来表达她未能用语言表达出来的愤怒，可惜雪鹅背对着她，没能欣赏到这番表演，结果只是阿姚的桌面上掉了很多面包屑。吃完之后阿姚用手往旁边一扫，面包屑纷纷飘落到地板上。有的家伙永远不会用纸巾收起面包屑扔进垃圾桶里，不论别人说过多少遍。

"嘿！"璇哥这下坐不住了，今天该璇哥值日。

"我知道了我知道了。"阿姚不以为然，拿出牙刷牙膏准备去洗漱了，"我明天扫。"

第二天，周睽找不到理由再赖在宿舍里，虽然她实在不想去上那天的课。其实周睽倒不是那种不爱上课的学生，在这次请假之前，她一直保持着全勤的记录。因为入学的时候辅导员就说了，全勤有助于奖学金申请，还有一些其他的和竞争有关的事情——她的生活里最不缺这类事情。不过，周睽对前段时间无法申请奖学金这件事一直耿耿于怀，最近开始对保持全勤的意义产生了偏激的怀疑。就算一节课不落，到毕业也不会有人夸我，周暌赌气又委屈地想，没人会觉得一个保持全勤的学生了不起。

周五只有两节课，上午的国际象棋和下午的汉语基础。国际象棋并不讨厌，只是她老是和一个高个儿长发的男生分到一组。男生姓赵，又总是带着淡蓝色的一次性口罩。所以周暌就在心里称他蓝口罩。蓝口罩是学韩语的，长相打扮也似乎是照着精致的韩国明星捯饬的。本来他皮肤就比大部分男生白，化了妆之后更是白得异常。有时蓝口罩还会戴美瞳，灰色蓝色绿色，还有很多是周暌说不上来的颜色。如果没有戴美瞳的话，那蓝口罩就一定会戴眼镜框。他最喜欢的是一副又细又圆的黑眼镜框，就像是哈利·波特的那副眼镜的放大版。可惜哈利·波特的头发是黑色，蓝口罩头发染成了灰色。

而且蓝口罩也不会魔法。

“其实我今天想戴美瞳的。”蓝口罩说，说完之后就一直盯着她，透过他没有镜片阻隔的眼镜框。

周暌只好问：“那为什么没戴？”

“因为我起晚了，我明明让我对面的舍友叫我起来的！”他愤愤地下了一步棋，他又把车斜着走了。

“那可真是太……呃，你棋错了。”

“什么？”

“棋。老师不是说车不能斜着走吗？”

“这个车？”这家伙连自己刚刚下的哪个棋子都不记得了。

“对，我们现在要来演练一遍西班牙开局。”

“这个名字不错。”

“你喜欢它真是太好了。”

他们倒腾了足足十分钟，最后还是在手机上查了西班牙开局的详细的棋谱之后，一步一步照着棋谱研究了半天，然后在旁边同学的帮助下才把西班牙开局摆好。蓝口罩今天特别富有耐心，虽然刚开始没太在意，但最后看到周暌一副绞尽脑汁愁眉苦脸的样子，还是很慷慨地没有中途开始研究他的指甲。其实他脑子挺好使的，最起码比自己聪明，周暌想。

蓝口罩听到周暌说出这个想法似乎很是受用，但也仅仅是受用。有些人很喜欢别人说自己“其实脑子很聪明，只是没有用功而已”。聪明就去努力似乎就沦为了俗人，只有配上玩世不恭，才是最潇洒的人生态度。蓝口罩对此深信不疑。

“好的，大功告成。”周暌对着棋盘长出一口气，“接下来我们……”“周暌。”蓝口罩打断她，似乎有什么难以启齿的事情。

“怎么了？你要是不想再摆一遍的话，我们可以就顺着这个开局继续下。”周暌心里怀疑蓝口罩是在犹豫接着下还是重新开局。

蓝口罩摆摆手：“不是，我是想说，你看，我们已经熟练掌握了西班牙开局。”

“如果用十五分钟下一个开局算是熟练掌握的话。”

“当然，我们已经用十五分钟研究了西班牙开局。这节课已经有了它该有的意义。很抱歉，不过我跟人约了中午的电影。”蓝口罩看了一眼课堂前面挂着的钟表，刚好十一点。

“行吧。”

“谢谢你周睽，你真……善解人意。”蓝口罩由衷地赞叹——至少看起来是由衷地赞叹。作为回报，他要舍弃回去戴美瞳的时间跟周睽下一盘棋。可惜蓝口罩明显有点心不在焉了。“你知道你们学院三班的时樱吗？”他百无聊赖地拿着一个兵敲着桌子，“就那个眼睛细细的，长头发，说话走路都目不斜视的女生。”

“时樱？就三班的那个时樱？”周睽知道她，时樱跟她一起参加过演讲比赛，就是周睽在决赛上把词忘得一干二净的那次演讲比赛。周睽在决赛上得了倒数第一，时樱在决赛上得了正数第一，她确实非常聪明，而且非常努力。

她是在初赛上认识时樱的。初赛的参赛人员一共分成五组，一组十二人。出场顺序由抽签决定。出场越晚，就有越多的时间在后台熟悉讲稿，周睽倒霉地抽到了一组第五号。本来这也无所谓，但是那天晚上不凑巧的是，一号刚上台，周睽兜里的手机就开始震动了，她一看是雪鹅打来的，就立刻关掉，刚关掉放回兜里，她又打来了，周睽只好偷偷跑出去接。雪鹅说宿舍隔壁的水房有个水龙头坏了，水已经漫进了她们宿舍。“你的拖鞋都漂起来啦！”雪鹅的大嗓门透过手机直冲周睽的耳朵，她不得不让耳朵离手机远一点。“我在比赛，你帮我一下。”周睽说，“我马上要上场了。”

“可我现在要去聚餐。”

“拜托，宝贝儿，我现在真的走不开，你帮我把鞋放到我的鞋架上，然后跟宿管阿姨说一声。你想让我们宿舍被水淹了吗？”

“你的拖鞋漂到璇哥的椅子旁边了。”

“所以！”周睽有点崩溃，“你快点去找宿管阿姨！”

雪鹅不知嘟囔了句什么，含糊不清的，听上去她似乎正在离手机越来越远，最后“嘟”的一声，挂了。周睽立刻跑到场后，极为诚恳地询问大家有谁是出场号在后面，愿意跟一组五号换一下顺序。问了半天，一个站在角落里的女生面无表情地问了一句：“五组六号可以吗？”

“可以可以，谢谢谢谢！”周睽像是抓住了救命稻草。

“好。”女生点点头，依旧没什么表情地看着她。就在这时，女生稍稍侧了一下脸，似乎是在寻找工作人员。周睽突然发现她脸上贴了一个创可贴，在左耳前面的位置。刚刚这个女生站在光线昏暗的地方，正脸对着周睽，所以周睽没有注意到。“那我去跟负责人说一声。”女生又说，把正脸对着周睽，创可贴又隐入昏暗中。周睽谢了又谢，一边想着那个创可贴，一边狂奔向宿舍。

电梯门口人太多，周睽索性爬楼梯一口气跑到六楼。六楼走廊上一大摊水，从水房源源不断地流出，漫进了她们的宿舍

601和对面的宿舍603。周睽去拍603的门，把在里面睡觉的老罗叫醒，然后给宿管阿姨打电话，叫人来修那个像喷泉一样疯狂的水龙头。

很快就有一个姓焦的宿管阿姨带上来了维修工人，周睽觉得挺抱歉的，这已经是她们宿舍一周之内第三次麻烦同一个宿管阿姨了，虽然这次真的不怪她们。周睽每次看到焦姨，都是穿着学校配发的蓝色制服，身材瘦小，干瘪得令人忧心，走路的姿势也有点奇怪，总是摇摇晃晃的，让人不由得担心她很有可能下一步一个不稳就跌倒了。不过相比于担心，很多人感到更多的是好笑。这样一想，周睽觉得焦姨有点可怜。

当然不管别人是觉得可怜还是可笑，焦姨对这些毫不关心，此刻她眼睛瞪得圆鼓鼓的，望着周睽："怎么回事？"不知是因为焦急还是生气，她说话含糊不清。周睽急忙解释了一通，从她参加演讲比赛到接了个电话到回到宿舍看到这一幕。维修工人已经进入一片惨状的水房了。焦姨在水房外面，穿着胶鞋，站在走廊的水里，直直地看着周睽。周睽也不好直接进宿舍，只能陪焦姨站在走廊上，面面相觑。

"如果我没记错，这周你们宿舍已经往值班室打三次电话了。"焦姨在跟人说话的时候，本来就圆鼓的眼睛会变得更圆更鼓，两边的嘴角使劲儿向下撇，像受苦的金鱼。"是啊。"周睽对着焦姨尴尬地笑。第一次是周一，周睽在改造她的衣柜的时候，不知是衣柜质量太差还是她用力过猛，居然一下子把衣柜柜门给卸掉了，结果不得不给宿管阿姨打电话，自认倒霉地赔了钱。第二次是周四雪鹅晚归，还是过了门禁时间，半夜十二点给宿管阿姨打电话，撒谎说生病去医院刚回来。第三次是今天——周六的水房事件，希望周日平安无事。

焦姨沉默了一会儿，像是突然下定决心一样开口了：“孩子，”她皱着眉头，眼神像是在看宿舍楼下的那群脏兮兮的瘦小的流浪猫一样，“如果你们老是这个样子的话，我必须要告诉你们辅导员。我知道周四你们宿舍的陶雪儿晚归，她肯定不是去医院。”

“你们大概是被父母宠得过分了。”焦姨说教的声音充满了倦怠感，“所以不把规矩放在眼里。”“没有这回事儿。”周睽解释。焦姨只是疲惫地摆摆手，好像要挥走苍蝇一样，这令周睽很沮丧。好在焦姨并没逗留太久，就摇摇晃晃地下楼去了。

焦姨走后，周睽赶紧进屋收拾残局。她忘在书桌下的一箱书被浸湿了三分之一，漂起来的拖鞋已经被雪鹅放到了鞋架上面，除了鞋底其他倒也没怎么湿。被弄湿的还有璇哥的小地毯，脏衣篓的篓底，阿姚的几双袜子，一个体重计——被浸在水里之后不知还能不能用。雪鹅椅子下面有一坨湿答答软绵绵的卫生纸团。门后一块不知哪届的学姐留下的肥皂，浸在水里之后变得臃肿不堪，一部分化成了肥皂水，用拖把清理残局的时候，还在地板上和拖把上拖出了一堆肥皂泡，而且越拖越多。周睽被弄得狼狈不堪。

好不容易收拾完，又一路狂奔回比赛场地，后台没剩几个选手了。周睽看见她还在那儿等着，一动不动，注视着一个放置杂物的桌子。她拿着一个不知道什么的工作证，上面写着她的名字：时樱。

时樱看见了她，就把身体转过来，语调毫无波澜："你把书包忘了，我在这儿看着。"周睽看着她表情寡淡的面孔，实在想象不出来她演讲时的样子——她还贴着那个来历不明的可疑的创可贴——唯一生动的地方大概就是她的眼睛了，她的眼睛不算小，但因为是微眯起来，所以看上去细细的，却意外的秀气，有一种独特的韵味。周睽突然不明白大眼睛有什么好看的，值得那么多女生费尽心思，甚至不惜做手术承受皮肉之苦。

"啊，真是抱歉，让你等了这么久。"

"没事儿。"时樱说完，微微点下头，就挎着帆布包走了。转身的那一刻，她的左手轻轻地触碰了一下脸上的创可贴，动作极轻，发生在一瞬之间，但周睽看得清清楚楚，在后台光线昏暗处，她的左手悄无声息地做了一个多余的动作。

周睽看着时樱步伐均匀地离开，没有丝毫紊乱、渐渐远离、渐渐变小的背影，觉得自己一定是少了点什么语言或者行动，可她又不知道该做些什么补救，类似于每次出门时总是若有所失的那种感觉从她心头浮起。此时麦克风连接的音响在前台已经响了，主持人吐字极为清晰的报幕声传到周睽的耳内："请五组五号上台，五组六号做准备……"

后来周睽又见过她一次，就是决赛那次了。说来奇怪，演讲比赛结束之后，周暌在校园里再也没见过她，明明是一个学院的，有时也会从别人那里听到她的名字，平常却完全没有碰过面。她们倒是有一节大课是一起上的，不过阶梯教室很大，学生很多，周暌也没有刻意找过时樱的身影，结果她居然一次都没有碰到过时樱。

决赛的时候见到时樱，她的脸上依旧贴着创可贴，以至于后来周暌每次想起时樱，脑海中最先浮现的是那个奇怪的创可贴，然后以创可贴为引子，时樱的容貌才渐渐浮现。

当周暌告诉蓝口罩她和时樱在演讲比赛上认识的事情时，蓝口罩却意外地问："演讲比赛？什么演讲比赛？"

"是今年年初才举办的那个比赛啊！"周暌觉得不可思议，又似乎有点难以启齿，"你和她去看电影，你是想……我的意思是……呃，你是什么意思？"

"什么？"蓝口罩脸上露出茫然。

"你是想和她谈恋爱吗？"周暌压低了声音，怕教室里的其他同学听到。

"什么？"蓝口罩做作地瞪大眼睛，接着夸张地笑了起来，"哈哈哈哈哈……"笑声让周暌想起那天宿舍门后不停冒出来的黏糊糊的肥皂泡，非自然的人造泡泡，而且处理起来非常麻烦。周暌脑子里想着地板上的肥皂泡，恨不得一拳打在他脸上。

"你好老套啊，周暌。才不是，我可是打算明年去国外读书的，找个留在国内的女朋友干吗？整天视频通话吗？我可接受不了异地。”

“那真是再好不过。”她立刻接上去。

“不过她长得也不错。”蓝口罩很随意地下了一步棋，像是故意要把谈话停在这个让周睽不爽的地方，“该你了。”

“不是。”周睽果然很不爽。“什么不是？该你下了。”

“不是，你不是不想跟她恋爱吗？说这话是什么意思？”

“什么什么意思？”他真的很喜欢用装傻来让别人急得团团转。看到周睽似乎没有开玩笑的意思，他不以为然地摆摆手。“算了吧，你看你。她一个朋友是我朋友，就这样认识的，我就是凑巧跟她一起看个电影。她对我没那种意思，我对她也没有非分之想。这样说行了吧？话说回来，你跟那个时樱关系很好吗？我怎么没听你说过？”蓝口罩问她，但并不是真的想知道。他问完之后抬头看了一眼教室前方的挂表，低声叫道：“完了！都这个点了！我先撤了，棋盘麻烦你收拾一下。”说着，蓝口罩已经把书包抱在怀里，身子也作势离开座位。周睽正要说什么，蓝口罩摆手打断她，咧嘴露出一个笑容——在走廊、办公室或者教室里可以轻易赢得老师好感的那种标准笑容：“下次课请你喝奶茶！”

周睽胸口像堵住了一样，焦躁地用棋子敲击着棋盘。看着蓝口罩猫着腰从后门悄悄溜走的背影，一个想法从她脑海中冒出。她迅速收拾好棋盘，交到国际象棋课的体委那里，用“肚子不舒服要去厕所”这种毫无新意的借口很轻松地溜了出来。国际象棋的教室在三楼，外面走廊上没有蓝口罩的身影，应该已经下楼了。周暌轻手轻脚地跑到走廊尽头，从那里的玻璃窗朝下看的话，刚好可以看到教学楼侧门出口的位置——蓝口罩一定会从那个侧门出去。

果然！周暌心里有个声音斩钉截铁地这样说。一个完全陌生的声音，甚至把周暌都吓了一跳。

虽然是从上往下看，而且距离最后一次看到她已经过了半年，但周暌绝对不会认错，侧门旁边那个女生，就是时樱。她仔细地辨认着，想看看时樱左耳的前面还有没有那个创可贴。看不太清，不过应该早就没有了，肯定没有。周暌觉得找创可贴的行为有点傻气。那是半年前的创可贴，创可贴下面的伤口——如果有伤口的话——也是半年前的伤口，早就该愈合了。

蓝口罩突然跳进周暌的视野，他一跳出来，就像遇到什么特别好笑的事情一样，讲几句话之后就开始笑，时樱也在笑。周暌从没见她那样笑过，这可能因为她只见过时樱两次。他们之间断断续续涌出的笑声，像是晴天里细小的泡泡一样，悠悠然飘到三楼周暌的耳朵里，然后轻轻地炸裂成水沫。

周暌很好奇时樱在笑些什么，她在和蓝口罩——或者和别的人在一起的时候，都谈些什么呢？她会因为什么而露出笑容呢？周暌怀着复杂又微妙的心境，从三楼俯视着他们，像在幽深的湖底仰望波光荡漾的水面上的小船，船上的两个人，时樱，还有陌生人。

这世上发生的全是些毫无逻辑的事情，周暌想。

二

中午去食堂的时候，天阴沉欲雨的样子，校园里净是因为不知要降温而没有换衣的学生，瑟瑟缩缩地走着。周暌倒不怎么冷，厚厚的大衣里面是她最喜欢的黄色毛衣，温暖得像冬天树洞里的小熊。吃完饭从食堂里出来，天上已经开始飘洒深秋的毛毛细雨，地上虽没有积水，但也湿了一层。周暌没有打伞的习惯，就低着头走回宿舍楼。中午十二点多，天阴得像下午五六点。

走到宿舍楼前，也就是网球场旁边，银杏树的落叶铺了一地，湿漉漉地贴着地面。赶在十一月深秋的尾巴上的落叶，姿态狼狈又落寞。周暌看着网球场，打球的人已经走了。球场一角还剩着一个黄色的网球，安静地躺在落叶上，像同样被淋湿的模样奇怪的银杏叶。

宿舍楼的四个电梯口前依旧站了很多人，所以周暌也依旧爬楼梯。每次爬到六楼，推开宿舍门的时候都是气喘吁吁的。

周睽带着一身雨气和寒气闯进温暖的宿舍，上气不接下气地跟室友打招呼。她脱掉大衣挂在衣架上，身体感受着宿舍里融融的暖意，大脑里的图像却还停留在楼下阴沉寒凉的秋雨落叶。

雪鹅一边往嘴里扒饭一边盯着电脑屏幕上的电视剧，时不时哈哈大笑。阿姚还在看书，不停地把书本打开又合上，并且嘴里念念有词。璇哥闷着头不知道在捣鼓什么，咣当咣当的——每次推开门都一成不变的画面。

周睽爬到床上，拉上床帘。她静静地躺着，感觉刚刚在外面沾染的雨水的寒气还滞留在身体里，宿舍的暖气包裹在她身体外部，无法渗透进去。真难受，不知道今天能不能午睡。每次周睽想午睡，都只是在床上胡思乱想一会儿，闹钟就响了。

肥皂泡一样的笑声飘上三楼，深秋瑟缩着走路的学生，银杏叶湿漉漉地贴在地上，还有被淋湿的网球，宿舍里一成不变的场景。

说到底周睽还是活得太矫情，她太孩子气了，周睽想，用第三人称。

那句话最初不是她说的，是她高三时的一个女同学。也不是对着她说的，是对着另一个女同学。课间周睽趴在桌子上小憩，听到了别人对她的议论，几乎惊出了一身冷汗，只能继续假寐。她没有勇气站起来质问别人——或者说，更令她难以承认的是，她觉得别人说的可能是对的，可能她真的活得过于矫情，而且孩子气。尽管周睽知道私下议论别人不是件好事，但她一直都觉得，相比于私下议论别人，不经意间听到别人私下议论自己却无力反驳，只能战栗着接受，这才是更可怕的事情。

别人口中的自己，总是和自以为的自己有所出入。那么，别人对自己的认知就一定是片面的吗？自己对自己的认知一定就是正确的吗？周暌很怀疑这一点，如果每个人的自我认知都正确无疑的话，人就不会做那么多傻事了，也不会有那么多悔恨。周暌越来越怀疑自己的生活和思考方式的正确性——如果这些东西有正确性的话。

周暌从虚无的思考中发出了一声现实的叹息。

过于矫情，且孩子气。

这说不定真的是最恰当的评价。最起码那个时候，她就算站起来反驳那两个女同学，也找不出话来反驳。周暌一直都很羡慕那种能言善辩的人，能巧妙地把道理和证据编织在一起，再加以情感的渲染，把别人反驳得哑口无言，同时使旁人受到感动，点头信服。反正她是做不到这种事情，她越是想争辩，越是语无伦次。所以还是沉默着好。贸然站起来，指着别人的鼻子，却话都说不好，结果只能是给旁人增添笑料，或者为“矫情”和“孩子气”加上众人皆知的证据。

一直到上课铃响，同学们闹哄哄地回到各自的位置上之后，周暌才把头抬起来，假装刚从休息中恢复神清气爽，虽然她表演的观众只有她自己。

周暌记得很清楚，第二天晚上他们要按照惯例顺次向前移动两排座位，教室最前面两排的学生换到教室最后两排，就这样依次轮换。可没等到第二天，晚自习放学的时候，周暌正要收起书本回宿舍，她的女同桌突然小声地说了一句："以后我们还是不要坐一起了比较好。"

"好的。"周暌立刻清晰地说道，听上去很冷静，尽管那句话只是传进了耳朵里，她还没有来得及思考这句话是否有深层含义。

"我是说，这样可能对你也很好。"女同学似乎没想到周暌回答得这么简洁，而且没有任何情感上的反应，没有类似于惊讶或者疑惑或者——受伤，这个女生不大愿意想到这个词。

"好。"周暌说，甚至还扯动嘴角微笑了一下。对于生活中那些突然降临的大大小小的不幸，她第一反应就是迅速表示接受。

女同学反倒不知道该说什么了，低下头假装收拾东西。

晚自习后周暌被夹在人流里下楼，喧哗塞满了她的耳朵，冲撞着她迟钝的神经。学生们在楼道昏黄的灯光下嬉笑着，大声地讨论一整天里发生的事情，什么物理老师今天上课讲错了题啊，四班的某个男生和隔壁班的班花在偷摸着谈恋爱啊，教导主任今天突袭检查了哪个班抓到了几个玩手机的啊，诸如此类。如果用录音机把这些声音录下来，然后即使每天晚上放学后在楼道里播放，都不会有人觉得奇怪吧？这些十六七岁的学生，每天津津有味地重复着相同的话题，却浑然不觉，仍面不改色地为自己的生活贴上朝气蓬勃、富有生机的标签。

他们真的不曾觉得痛苦吗？

人声的嘈杂和海浪的喧哗可能是类似的事物，周暌突然想，怪不得有“人潮”这种比喻。

她倒是有想说的，在这些嘈杂中插一句：“我被抛弃了。”这样说吗？有点夸张了，或者“我的人际关系出现了问题。”谁在乎呢？之所以出现问题，说到底还是你自己不对吧？周暌试着站在世人的角度上对自己说。只有你一个人出现问题的话，肯定还是你的不对吧？不肯改变自己去适应环境，难道还要环境去迎合你的心意吗？太天真了。

周暌顺着人潮走出了教学楼。

第二天调座位的时候，刚开始几乎没有人愿意和她坐在一起。女同桌说好了跟女生A换，女生A却不大愿意跟周暌坐在一起，就换给女生B，女生B也不大愿意，终于换到了一个男生。

那是高中生涯里印象极为深刻的场景，赤裸裸地向周暌昭示了她一塌糊涂的人际关系。周暌知道，她过于沉默寡言不合群，在由全校成绩最好的五十个理科学生组成的班级里考试倒数，即使快要高考了还是会在自习课上偷着看小说。没有人愿意和这种学生坐在一起。

不过还好她不至于落到被全班完全孤立的境地，至少最后有男生可以接受坐在她旁边的位置。这并不奇怪，周暌想，大家似乎对异性抱有更多的宽容。在女生看来她是个毫无用处、只会让人心情沉闷的同学，在男生看来，她不过是个内向无害的女生，更重要的是，在女生稀少、漂亮女生更为罕见的理科班里，五官端正的周暌更能轻易获得异性的原谅——如果她阴暗的性格需要得到周围人的原谅的话。

也可能只是自己想多了。

也可能只是自己矫情而且孩子气。

思考又回到了原点。周暌睁眼看了一下放在枕边的手表，离闹钟响还有十分钟，反正已经睡不着了。她坐起身来提前关掉闹钟，拉开床帘。熟悉的宿舍景象，熟悉的舍友，她在离高中校园八百公里外的地方好好地过她的大学生活。这里没人关心她高中有没有同桌。周暌很庆幸，有时候空间上的距离可以使人远离过去——在某种程度上。

尽管很讨厌汉语基础课，但她还是得去，不然会被记无故缺勤。汉语基础课在阶梯大教室上，她和阿姚还有璇哥坐在了教室的倒数第三排，既远离老师又不会因为过于远离老师而被“特别关注”的最佳位置。

如果你想要和同学搞好关系，位置也是很重要的一环，周暌有点好笑地想。不过她在汉语基础课上坐这种位置，其实只是为了看小说。从第二次汉语基础课开始，她后来再上这节课，就一定会带上小说。反正老师讲的每一句话都是讲义上印好的，周暌只需要适当地做点笔记。

“你这节课看什么小说？”坐在她后面的阿姚问。

周暌没有说话，把书的封面给她看，是夏目漱石的《少爷》。

“夏目漱石啊……”阿姚若有所思，周暌等她似乎要说出的下半句，可是她只是默默地把书还给她，什么也没说。

“夏目漱石还是不行。”璇哥在旁边冷不丁地冒出来一句。周暌有点懵：“什么？”

“夏目漱石。”璇哥认真地说着这四个字，用笔轻敲着桌面，“阅读课的期末作业，选夏目漱石的人肯定很多，夏目漱石，《我是猫》。”

她明白璇哥的意思了，日本文学阅读课的期末作业，选取一个日本作家的一部作品，写一篇类似于读后感的文章。肯定有一堆学生写夏目漱石、太宰治和芥川龙之介。在做文学方面作业的时候，这三个作家简直是日语专业学生中的红人。尤其是太宰治的《人间失格》，抢手程度令人惊叹。

周暌是高中的时候看的这本书，在小书摊上买的，破破烂烂，而且只有一本。周暌只是在书摊旁边买煎饼果子的时候，偶然看到了这本名字奇怪的书，拿起来翻了两页。老板一看有人拿起那本书，就立刻说道：“你要吗？十块钱卖给你啦！”

“啊？”

“八块钱卖给你！”老板的语气像是在推销傍晚菜市场剩下的蔫了的白菜。

“哦……好……”周暌被老板紧张的语气感染了，稀里糊涂掏出十块钱，老板找给她两个钢镚儿，周暌把那本破旧的小说带走了。她挺喜欢那本小说的，不过她不喜欢小说的主人公叶藏。太软弱了，周暌批判性地想，她绝对不要那么软弱地生活。

学校里学习的人很多，读书的人很少。周暌书桌里的小说就是她不好好学习的证据。老师说她甚至把漫画带到教室里去，一个马上要高考的学生，假期还被关在学校里上课的重点班学生，明明成绩已经倒数，居然还在自习课上偷偷看小说，还有漫画，简直无可救药。

当时坐在她后面的班长发现了周睽看漫画之后，语重心长地在班会上提到了这个问题：不要把该奋斗的年纪浪费在闲书上。

班长没有点名是谁，但周睽知道是在说她。她当时坐在下面——右手边的数学试卷下面藏着那本《人间失格》——仔细地看着站在讲台上慷慨演讲的班长，他说话的风格很像班主任，那个为学生尽职尽责的化学老师，常年穿着灰白衬衫和黑裤子，发量稀疏，戴着眼镜，体型是中年人常有的偏胖，经常找周睽进行语重心长的谈话。

“你这种性格是不行的。”

内向的人是该死的——周睽认真地看着班主任的眼睛。

“这样下去，以后是无法融入社会的。”

“社会不欢迎性格孤僻的人。”——他的眼睛很普通，不像书上经常描写的那样，清澈或者浑浊。

“没有很好的人际关系，是很难做成一番事业的。”

“你认识的人越多，以后就能找更多的人帮你办事。没有用处的同学，索性扔掉吧。”——这双眼睛真是令人沮丧般的普通，周睽在心里长长地叹息。

“不要让一些对你没有帮助的东西耽误大好的时间，你现在没有进入社会，不知道什么对你有用。”

“小说都是幼稚的无病呻吟，真正成熟的人是不会被这些东西吸引的，他们分秒必争地追求成功，奋斗！向前！”周睽不想再看那双眼睛了，她看向了脚下白色的地板。她一边听着班主任还在继续拿他以前的成功学生举例，一边发挥她多余的想象，如果面前这个中年男子没有做老师，他现在会是什么职业呢？

想象不到。

总之她不记得被老师叫过去谈过多少次话，但是最后她还是在“不行的性格”中迎来了高中毕业，她既没去照毕业照，也没有在毕业册上留下自己的联系方式，当然也没有和任何人再有联系。至于后来他们有没有同学聚会，周睽一无所知，不论是对于同学来说还是对于周睽自身来说，她都没有再回去的必要性。

没有用的周睽，没有人需要和她建立联系。

现在她是有用的了，会有人叫上她一起完成小组作业，不强制座位的大学课堂上也有人愿意和她坐在一起——这都是人际关系的一部分，周睽谈不上讨厌，也谈不上喜欢，她只是感受到自己在慢慢融入一片宽阔的潮水中，并被这片潮水推着走。周睽也惊讶地发现，放弃多余的思想真的会让人的生活更加顺畅，仿佛在一条高速路上平缓地行驶，你只要和别的车一起向前行驶就好，不用思考太多这条路，它有没有很多分岔路口，有没有什么障碍物。

这个周末她还会跟雪鹅一起去新校区做运动会的观众，辅导员说去做观众以后可以在综合测评上加分。不加分就没人愿意去看的运动会，也怪可怜的。

周睽提前就预料到了运动会的无聊程度，但她没预料到的是，她居然在新校区碰到了时樱。

比赛刚开始没多久，周睽偷偷溜出来，去体育场外面的便利店里买饭团。早上七点她和雪鹅一起搭上学校的大巴到新校区来，只喝了一杯豆浆，还没到十点就饿得不行了。周睽刚要把饭团在便利店里加热一下，就突然看到便利店门口一个蓝色的身影匆匆掠过。

周睽立刻就察觉到了，那个身影的主人是时樱无疑。她抓着还没有加热的饭团立刻跑出便利店，看见时樱穿着蓝色运动厚外套，正快步向前走去，步子很大，就像运动会上的竞走一样。校园里没几个闲逛的学生，周睽的视野里就是一栋教学楼和它的东西两个配楼，一条校园马路，马路左边一个便利店、一个甜品店、一个篮球场，右边一个网球场、一个小亭子。

时樱像是意识到身后有什么，突然扭头，看到了周睽。然后，她略显疑惑的表情漾开笑容，虽然很浅但很纯正的笑容，阳光停留在那副笑容上。没有突兀的创可贴。这是周睽第一次正面看到时樱的笑容。

“是周睽啊。”时樱说，然后笑容像是被吸水纸吸走了一样，渐渐收了回去，“你来参加运动会？”

“不是，我是来做观众的。”周睽没有笑，用的是在走廊里遇到每天都能遇到的同学时打招呼的语气，却是刻意的。

不过时樱居然还记得她的名字，这让她心情很好：“你有急事吗？”

“啊，没什么。你呢？”时樱立刻否定，慌乱的神色从她脸上一闪而过。

周睽觉得她在撒谎，不，周睽可以断定她在撒谎。你应该用一个其他的理由搪塞我，比如说，你打算去买瓶水，你要去找某个该出现却没有出现的运动员，你被老师安排去医务室拿些创可贴，等等。“没什么”是最拙劣且没有诚意的谎言。

“我出来买个饭团。”周睽淡定地说，“然后不想回去看运动会，就在这里四处转转，我还没来过这个校区呢。”这才是撒谎，周睽想。说话间她注意到了时樱的一只白色运动鞋，周睽在同学那儿见过，那是学校为运动员订的运动鞋。一根鞋带的胶头掉了，白色的线头散乱开来，鞋带太长，蹭到地上沾上了灰尘，那白色显得有点脏兮兮的。

时樱也注意到了，她有点狼狈地笑笑：“不知道什么时候胶头掉了，就变成了这个样子。”

周睽最在意的不是那个，她在想时樱是运动员，怎么随便跑出来了？

“学校发的鞋质量也太差了吧，”周睽说，“鞋带怎么这么长？”

“啊，是，这双鞋不知道怎么回事……”

周睽看了看自己的鞋子，立刻蹲下身子解鞋带。

“啊？”

“你还要比赛吧？这种松松散散的鞋带太影响发挥了，万一绊倒了就更不好了。我跟你换一下鞋带好了，虽然我的鞋带颜色有点发灰，胶头颜色也不一样，但是总比那个强一点。”

说着周睽已经利索地解下了鞋带，看到时樱还没有动，索性半跪在地上把她的鞋带解了然后给她换了鞋带。

“哇！我的鞋带在你的鞋上长度刚好！”周睽给她系好鞋带，左右看了看，“除了胶头颜色有点违和感……没关系，没有人会仔细看的。”

时樱愣愣地看着鞋带。

“好啦，不挡你的路了。”

时樱好像才晃过神来，眼神奇怪地看着周睽，连笑都没有笑：“那，我先走了，我还有事。”

周睽点点头。时樱立刻转身走了，依旧大步向前，慌张的脚步像是被什么令人讨厌的东西追赶着，又像是在刻意抑制着自己不至于跑起来。

真是奇怪。

周睽勉强吃完了那个冰冷得难以下咽的饭团，依然回到了运动场。后排的观众都已经站了起来。男生的长跑比赛接近了尾声，在雪鹅旁那个女生的解说下，周睽弄清了比赛现状，跑在最前面的两个男生，一个是周睽学校豪萨语系的，一个是隔壁大学的。加油声最欢腾的区域应该就是这两个学校的观众席，不过周睽这边欢声寥寥，让她怀疑自己是不是坐错了位置，或者周围的同学还不知道场上的情况。

然而在离终点线一两米的时候，两人不知怎么回事突然撞在了一起。隔壁大学的男生倒地，豪萨语系的男生第一，观众席上潮水般的惊叹声盖过了欢呼声。观众席上的隔壁大学的男生情绪激动地翻过护栏涌进场内，大吵大闹地朝裁判的方向跑去。其他凑热闹的观众也趁乱跑到场内，兴奋地吹着口哨。一个年轻的女辅导员大声地叫喊着让学生回去，可惜声音被淹没在男学生们一片捅了马蜂窝似的哄笑里，她急得好像在抹泪。裁判面红耳赤地嚷嚷着什么。获胜的豪萨语系的男生手足无措地看看同学又看看其他的参赛选手。摔倒的选手艰难地从地上爬起，一瘸一拐地走到场边，几个同学扶他去了医务室。这时，一个瘦高的裁判员拿着麦克风开始维持秩序，运动场各处的音箱把他像刚被吵醒的不耐烦的声音播送在运动场上空，回声一层层交叠，吵得周暌头皮发麻。她完全不明白场上到底发生了什么。雪鹅用胳膊肘碰碰她，语气中有一种莫名其妙的兴奋，和此刻跳下观众席跑到场地内的观众同等性质的兴奋。

“你知道那个豪萨语系的男生吗？他和我们班的裴铭是高中同学！你猜我怎么知道的？”雪鹅的眼睛因为兴奋而闪亮着。她旁边的那个女生也向前倾着身子看着周暌，和雪鹅一样的表情，一样闪亮的眼睛。周暌耳朵里全是“嗡嗡嗡”的声音：你怎么知道的？你和那个男生都有人际关系的脉络，脉络上绑着的每个人也都有自己的人际关系网，这样发展开来，不定哪根筋倒霉地搭在了一起。天呐！饶了我吧！我不想跟你聊你的熟人和我的熟人是否有共同的熟人。

然而周暌只是前言不搭后语地说：“是吗？真是太巧了。”她的太阳穴开始隐隐作痛。

“你看见了吗？刚才是谁撞谁的？”雪鹅旁边的那个女生问道，不知是在问雪鹅还是周暌。

“我没看见……谁知道呢？我只看见……”周暌脑子有点混乱，她不知道是谁撞了谁，是故意的还是无意的，反正会有人来收拾这场闹剧。

“我先走了。”周暌抓起地上的帆布包。

“怎么了？”雪鹅奇怪地看着她。

“没什么。”周暌没有心思好好地撒个谎。不知道现在是中场休息还是在干吗，整个运动场像是傍晚快要收摊的菜市场。“我先坐公交回我们校区。”

“可是一会儿还要去辅导员那签字，不然没法证明你来做观众了，也不能给你加实践学分。”

“我很抱歉，雪鹅。真的，我真心实意地感到抱歉。”周暌很诚恳地说，她现在显得有点情绪夸张，“但我无论如何也得回去。”

“好吧，如果你坚持的话。”雪鹅耸耸肩，然后像是给自己说的话加上个句号似的补了一个“路上小心”。

周暌拖着满身的疲惫和不知来处的挫败感离开了运动场，在大得像漂亮的废墟一样的新校区里转了半天，人影比行道树还稀少。路两旁的梧桐树叶落了一地，还没有来得及被清扫。

光秃秃的枝丫在苍白天空的映衬下让人感到一股沁入肌肤的寒意。周暌瑟缩地走着，居然有点怀念刚刚那个被塞满了人，还似乎冒着热气的运动场。看来人群对我来说并不是一无是处，至少还能取暖，周暌自嘲地想，有点后悔一时冲动离开。

转了一圈，周暌一转弯，居然又看到了运动场。简直像是掉进了迷宫一样，周暌开始有点佩服自己的迷路能力了。她甚至想转身顺着自己刚刚走过的路线，看看自己是怎么神奇地绕回来的。

当然只是想想而已。周暌没有转身，她看见运动场外的医务室门口站着三个戴着红帽子的学生，两男一女，正在墙边闲聊，应该是志愿者，向他们问路应该不会显得突兀。

高个儿男生和女生正在说着什么，两人笑得肩膀乱抖，并且视线同时瞥到了正向他们走近的周暌，接着两人很有默契地把视线收回到三人之间的空气中。这一细微的变化突然让周暌的脚步失去了信心。

另一个个子稍矮一些的男生似乎注意到了什么，稍微侧过头看了一眼，刚好和周暌的视线对上。

“同学你不舒服吗？”他问道，把身子转向周暌。不是那种过于亲切的语气，而是平淡得恰到好处，就好像她是刚刚和他交谈的两个同学的其中一个。

“我来买创可贴。”周暌撒谎的语气也平淡得恰到好处。她觉得自己好像见过那个男生，但是一时想不起来在哪儿见过。

男生轻轻“哦”了一声，然后让出了一个简直可以让大象钻进医务室的空间。周睽有点尴尬地穿过三人之间的空气，那空气里还有没有消失殆尽的笑声的涟漪。

医务室的白色门帘沾满了大大小小深浅不一的棕黄色污渍，一看就是放在水里不论倒多少洗衣液都搓不掉的那种顽固污渍。一掀开门帘，就是扑鼻的酒精味儿和药水味儿，这些气味混合在一起在暖气的作用下更加强烈。生病的学生坐的坐躺的躺，几个校医的白色影子来回穿梭。如果闭着眼睛单听声音的话，这里更像个奇怪的聊天室。

看到医生忙碌的样子，周睽默默地站在了一旁，没有上前去打扰，站了一会儿发现医生短时间闲不下来的样子，就又默默地掀开帘子离开了——这帘子确实该换了。

周睽一走出医务室，就和刚才那个男生又撞上了视线。另外两个学生已经不见了踪影，简直像是水汽悄无声息地蒸发在了空气中。

象征着志愿者的红帽子被他拿在手里摆弄着，眼神平淡得让周睽感觉自己和对面的梧桐树没什么两样。

“请问，你知道校门在哪里吗？”周睽开口问道，想要打破包裹在他身上的那层平淡。

男生略一思考，然后扬起胳膊指着面前这条路：“沿着这条路走，第二个路口左转，就是前面那个砖红色的带尖顶的建筑，看见了吗？然后再一直走，走到一个低矮的小房子的地方，再……”男生扭头看到了周睽满脸的茫然，就换了他的下一句，直接说：“我带你去吧。”

“不用不用。你说吧，我记着。”

“反正我现在也没事儿，而且我是志愿者。”男生笑笑，把帽子戴在头上，向前走去。周暌赶紧跟上。他好像脾气很好，在他的生活中从来不会出现重重地摔门或者说出难听的话这种事。难道以前真的没见过吗？周暌看着他的侧脸拼命在记忆里搜索，总感觉有点熟悉。

男生踩着梧桐的落叶很随意地走着，为了避免尴尬的沉默，问了一句。

“老校区来的？”

“嗯。”周暌点点头，可自己走在他后面，点头他也看不见，真可惜。

“来看运动会？”

“嗯。”虽然周暌知道他问的都是废话，但她还是希望男生在到校门之前多说几句废话。

周暌以为他要问“为什么现在就走了”的时候，男生却毫无征兆地陷入了沉默，像是本来就没有打算躲避沉默。

“你买创可贴了吗？”

周暌以为他要一直沉默到校门口的时候，男生又突然往沉默的空气中扔进来一句话。

“啊！还没……”周暌一时慌张，忘了圆谎。

“为什么不买了？”周暌猜到他会问这句话，但没有猜到他说这句话的时候，不经意地侧过脸来看了她一眼，脸上突然露出和深秋的浮云一样浅淡的笑容。

周睽也咧开嘴角笑了——虽然他已经把头转了过去，根本不会看到。“不想买了。”

“但是没问题吗？如果你是有擦伤或者划伤什么的。”

“没问题。”周睽突然想起了时樱左耳前的创可贴，那个创可贴下面到底是什么样的一道疤呢？“昨天不小心碰破了皮，但是没空去买创可贴，今天来这里碰巧看到了医务室。反正用不用创可贴都没关系。”这段没有撒谎，周睽昨天在把衣服放进柜子的时候确实手背被蹭破了皮，还渗出了血，疼得她龇牙咧嘴。对于小程度的擦伤，她没有用创可贴的习惯。

“不过，”他突然停下脚步，侧身站在周睽前面，害得周睽差点撞上去，周睽看着他像魔术师一样从口袋里拿出创可贴，然后撕下两条递给她，“还是用一下创可贴比较好。”

周睽没料到他会突然给她创可贴，不知道怎么说话，犹犹豫豫地接过了创可贴，连个“谢谢”都没说全，却没头没脑地问了一句：“那我要给你多少钱？”

他愣了一下，随即哈哈大笑起来，笑声饱满而真实。他没有回答，一边笑一边继续向前走去。周睽尴尬得在后面恨不得掐死自己，她默默地把一条创可贴装在口袋里，把另一条创可贴贴在手背上。没有看到路边的垃圾桶，周睽就把撕下的包装纸窝在手心里。

接下来就是完全的沉默了，周睽一边感受着创可贴贴在手背上带给皮肤的轻微的紧张感，一边听着梧桐叶间沙沙的脚步声——她甚至在这一段没有尴尬滋生的沉默里，对眼前这个男生的背影产生了好感。

转了几个弯，又走了好一会儿，周暌这才远远看见校门的影子。周暌一看见校门就向男生又是抱歉又是道谢，不再麻烦他把自己送到校门了。

男生摆摆手："那我先走了，路上小心。"

周暌看着男生的身影无声地消失在一栋大楼的背后，这才意识到手里的创可贴包装纸还没有扔掉，她走到最近的垃圾桶，小小的白色包装纸因为重量不足，轻飘飘地落进了还没有一丁点垃圾的干净的垃圾桶里，周暌的心情突然变得很好。

果然这一切都太没有逻辑了，周暌想，你永远不知道一个创可贴会给你带来什么样的心情。

三

后来周暌终于想起了那天为什么觉得那个男生很熟悉，她确实见过他，就是在雪鹅曾经给她们看的那张照片上，那个拧矿泉水瓶瓶盖的男生。不过比这件事更奇妙的是，周暌在一周之后已经和时樱成了朋友，不再止于一面之交。

回来之后没几天，周暌在历史课上很巧地和时樱还有另外两个同学分到了一组。周暌看见小组分配名单时吓了一跳，她几乎都忘了时樱和她是同一节历史课。阶梯大教室里五个小班一起上课，周暌每次都是坐在固定的角落里，呆呆地听老师讲课，有时候写专业课作业，有时候看小说，有时候什么也不做就呆坐在那里。阶梯大教室里没有几个人是认真上课的，一个学期下来，除了自己小班的同学，其他人周暌也不认得几个。

他们小组的题目是自己选取一个角度看魏晋时期的文化，一个月后发表学习结果。小组的组长毫无疑问是时樱，另外两个同学，一个是希腊语专业的男生，身材高大，面色灰白，深邃的五官很有男子气概，表情僵硬，头发微卷，像是素描书上经常出现的那种石膏雕像一样。他发表意见的时候也充满自信，说话速度不疾不徐，给人一种每一个字都经过了深思熟虑的印象，每一个字都不容忽视。一个是德语专业的男生，秀气的程度堪比蓝口罩，但比蓝口罩要稳重很多，也比蓝口罩腼腆。他身材纤细，手指像女生的一样修长白皙，举止谈吐细声细气很有礼貌，讨论的时候总是默默听着其他三人发表意见，偶尔细声插一句自己的想法，说完后必定羞涩地笑笑。他的笑像是冬天窗玻璃上的凝结的白色水雾，轻轻一擦就能抹去一样。周暌每次看到他笑，都有一种想在他旁边拍拍他的肩膀鼓励他的愿望，周暌当然没有拍过他的肩膀。

作业发布下去之后，大家都和各自组里的同伴坐到了一起。历史课五点四十下课，结束了组内讨论后，周暌和时樱两人之间的谈话却没有切断，她们顺势一起去了食堂，一边吃饭一边有一搭没一搭地聊着。从魏晋文化的不知道哪个地方开始，聊天内容渐渐滑向了别处，最后米线捞完的时候，周暌才意识到她们居然在说张国荣，离魏晋十万八千里的张国荣。

“我看完那个电影，一晚上都没睡着！”时樱在用很重的语气说着张国荣演的一个电影，眼睛紧紧盯着饭桌旁边的自动扶梯。旁人看上去大概会以为她在对那个扶梯发表意见。

“你看过吗？”时樱的视线收回到周暌眼睛上。

“没。”周暌稍感遗憾地摇头，“不过我过几天会看看的。”

时樱长出一口气，筷子在汤里捞了两下，最后两根米线下肚。“明天你有事儿吗？明天找个空教室继续讨论——你要是有空的话。”

“当然。”周睽欣然应允。她们约定好了第二天一起讨论作业的时间和地点，往后几天都是如此。在那之前她和时樱大概是缺了一个契机，只是熟悉的陌生人——大家都有这种经历，比如说你知道隔壁班有个戴眼镜圆脸胖胖的女生，你甚至知道她走路的习惯和说话的语气，但你从始至终都不知道她的名字，或者你也知道她的名字，但你们从来没有说过一句话——熟悉的陌生人。有了契机之后，两个人的联系迅速频繁了起来，她们在小组之外关于魏晋文化似乎永远讨论不完。每次从魏晋文化开始，最后分开的时候以魏晋文化结束，但中间的聊天内容已经不知道飞到哪里去了。她们在图书馆的讨论室、空教室、食堂角落、小花园的长椅还有这些地方之间的校园路上谈论了数不清的话题。

“你之前为什么学我们这个专业呢？”有一次晚上吃完饭一起散步，时樱问她。

“我喜欢。”

“喜欢？”

“这理由是不是很俗？”

“没有。我觉得你很了不起。”时樱笑了。

“我以后就搞搞学术好了。”周睽仰脸看着夜空，没有星星，“自己一个人闷着头，和千百年前的人打交道，说不定还能做出点贡献，那就能和千百年后的人打交道了。”

然后周晪扭头看着时樱：“你是不是觉得我的愿望很老套？”

“没有，”时樱很认真地说，“很了不起。”末了，又添一句：“我觉得你很有勇气。”

周晪有点摸不着头脑，这和勇气有什么关系？不过她很开心，能得到“有勇气”这个评价。

“对人生抱有梦想，有时候也很需要勇气的。”

大概是因为不理解时樱为什么说这种话，才会把这一段记得很清晰。除此之外，当周晪回忆她那时候都和时樱聊了些什么，竟一时很难回忆出，也不知该怎么说。唯一深刻的印象就是，她们的交谈顺畅而愉悦。周晪从来没有那样跟别人聊过天，不必急着说什么，想到哪里就说出来，周晪从没有担心时樱会觉得她说的话无聊或者莫名其妙，因为时樱总能理解。而她也总能理解时樱想说什么。没过几天，她们的关系就迅速进入了一个令人舒服的状态，即使陷入沉默，也丝毫不会觉得尴尬。后来她们单凭眼神和动作，甚至只是感觉，就能知道对方下一步想在哪个路口拐弯。

这就是朋友吗？晚上周晪躺在床上想起时樱，会产生一种不真实感。时樱是我的朋友吗？这个问题的答案周晪没有办法想清楚，但周晪头一次强烈地意识到，在自己的生活中，朋友的那一位置常常是空的，有人会偶尔到那里坐坐，然后不知道什么时候就站起来走了。周晪习惯了那个位置的空缺，也很少会觉得孤独。

要是算起来，周睽现在还能联系上的以前的熟人也有几个，但是能够联系上并不代表就有联系。大学以前的同学里，有一些家住得比较近，如果真的要找的话一定能找到那个人，但是有谁会真的去找呢？

小学没什么要紧的记忆，她和别的小孩儿一样没心没肺，迷迷糊糊地念完了小学。初中住宿，离家比较远，毕业的时候留了两三个同学的电话号码，但也只给其中一个李姓的同学打过电话，大概是跟李姓同学关系比较好。周睽花了一点时间才想起来，那个同学的全名叫李亚茹，对，她中学三年，在学校几乎都是跟李亚茹一起吃饭。不过，后来随着时间的推移，她和李亚茹通话的频率越来越低，渐渐不再联系，过了很久之后，周睽才发现自己弄丢了李亚茹的联系方式。

不过即便如此，即便是在发现李亚茹联系方式已经找不到的情况下，周睽也并没有特别惊慌或者难过，她甚至不记得自己是否有一点点的失落——大概是没有吧。高中更不用说，她上了高中之后突然开始沉迷小说。上课的时候把小说放在课本下面，假装认真看课本，其实是在看小说。自习课的时候，把小说放在练习册的下面，老师一来就把练习册扯过来，把小说覆盖得严严实实。大多数时候她可以按时完成那些练习册，不过因为看小说太久没有完成作业，直接把答案抄在练习册上的情况也有过。没有老师管她，因为不知道，也因为每次考试，她的名次都排在全校前二十之内，非常稳定，况且她又是那么文静腼腆的一个人，下了课也不会跟同学打闹吵嚷，谁会怀疑她上课在偷看小说？谁会在意她做练习册是否直接抄答案？跟她坐在一起的同学即使发现了她这些行为，也不会像对待别人那样提醒她，或者开她的玩笑。他们自己没有周睽成绩好，就不好意思说周睽上课看小说，练习册抄答案。

周睽对别人的这一心思心知肚明，她带着半是傲慢半是好玩的态度，默不作声地看着自己的小说。周睽上课看小说下课写作业的习惯并非故意要与老师对抗，这纯粹是因为上课的时候，绝不会有同学好奇地凑上来翻她的书，打扰她。

她几乎没有做出任何交朋友的努力，自己吃饭自己上课自己回宿舍。顶多小组讨论的时候，别的组员会小心翼翼地拿着不懂的问题来问她，周睽会带着微笑很耐心地为同学解答，偶尔她也会很虚心地问同学一些自己不太懂，或者假装不太懂的问题——这很有必要，可以避免有人说她高傲。“周睽人很好啦，”同学会说，“完全没有架子。不像有些人，成绩好一点，就鼻孔朝天了！”

可惜这一状态只持续了两年。第三年，也就是周睽高三的时候，学校把全校前五十名编成一个班，周睽当然被编入了那个班。那个班级有自己的名字，叫阳光班。周睽觉得这个名字起得敷衍极了，简直就像幼儿园的一个班一样，阳光班、葵花班、星星班什么的一大堆。

高二临近期末的时候，阳光班的名单就被公布出来了。周睽在告示牌上的名单里看到了自己的名字，有种说不出来的羞耻感。只不过是个名字滑稽的班级而已，周暌宽慰自己，过了这一年，她就能参加高考，从这里毕业。说不定她的高考分数也是全校前几名，周暌心情愉悦地想，她会考个很不错的分数，被一个很不错的大学录取，她会作为优秀毕业生的一员，高考分数和录取大学名号都会被挂在学校里的告示牌上，给学弟学妹提供一点激励。

周暌还记得，她在告示牌上看到阳光班学生名单的那天，高三的学长学姐也开始在校园里拍毕业照了，满校园都弥漫着离别的气氛，他们在校园里把自己不想带走的东西，高中三年的复习资料或者其他什么还有用处的东西，摊在地上低价出售。周暌从一个学长那里花五块钱买到了一本厚厚的大学招生简章。高三之前那个短暂的暑假，周暌几乎每天都要翻看招生简章。她看得极为认真，厚厚的一大本招生简章旁边放着一个单薄的蓝色笔记本，笔记本里详细地记录着她从高一开始所有考试的成绩。

那个暑假的记忆在周暌脑海里非常清晰，时至今日她还能想起许多细节和感受。每回想一次就会清晰一次，甚至还被周暌无意识中加上了许多原本不存在的细节。她坐在房间里，空调的凉风细细地吹着，招生简章的书比她看过的任何一本小说都厚。她不厌其烦地、极具耐心地翻了一遍又一遍，手指划过一个又一个大学和专业的名字，还有那些严肃的数字编码。看得眼花缭乱的时候，周暌就抬起头，从窗口久久地望着天空。夏日的天空总是很蓝，云堆成大朵大朵，像洁白发光的城堡，沐浴着纯净的阳光，飘在高远的晴空。她对接下来要发生的事情坚信不疑。过了最后一年，她就会在一个很远的地方读书，不再是普通地读书，她会选一个喜欢的专业，和一些像她一样从很远的地方聚来的很棒的同龄人一起，学习这个世界上更深入、更少人学习的东西。她会学得很好，成绩依旧名列前茅。然后继续，考研读博，去更好的学校，认识更好的人，去世界上更远的地方，她面前有一条铺满光明的路，她会沿着这条路走下去。

周睽坐在房间里，那时候她觉得自己脑海中的那个未来触手可及。

又一个冷得要命还寒风呼啸的北方天气，周睽走着去上课，步伐都冻得不稳当。吸进去的冷空气带着体内的温暖呼出来，变成一团白色的水雾，很快地在空中冷却消失。周睽以前还没有戴口罩的习惯，鼻尖在冷天里总是冻得通红透亮，让她不得不在路上一边走一边擦着鼻涕。最近跑了几次医院之后，周睽对自己的身体方面更加注意了，口罩保暖措施必不可少。

好在发现及时，周睽庆幸地想，病变发现得及时，所以按照医生的吩咐好好吃药就可以了，及时纠正，然后要不了多久她就会重新拥有一个健康的身体。

周睽想着自己的事，没心思和身边的阿姚闲聊。校园里走路的学生被大风吹走了很多话，一张嘴就很容易被风呛到，所以大都沉默着，低头顶着风，艰难地往逸夫楼走去。只有阿姚，永远都在坚持表达她的不满，今天是对天气的不满。周睽突然有点佩服阿姚了，真是不屈不挠。

好不容易到了逸夫楼里面，整个身体都随着楼里暖和的空气松了一口气。周睽看见今天大厅中间的告示牌前聚了比以往都多的人。即使是平常都无视告示牌的周睽，现在也不禁好奇了起来。

“怎么了？”阿姚朝空气问了一句，就快步朝告示牌走去。周睽也赶紧跟过去。在挤得里三层外三层的人墙外，周睽除了干跳什么也做不到，告示牌上密密麻麻的小字更是没法看清楚。好在阿姚足足比她高了十厘米，轻易地在人墙中劈开一条缝挤了进去，又不忘很快地钻出来跟周睽分享她的所见。

“有人受处分了。”阿姚一脸索然，为自己大费周章钻进人群感到不值，“我还以为什么大事儿呢。”

“怎么了？发生什么了会受处分？”周睽记得，上次的处分，是两个外国留学生和两个中国学生夜不归宿，在外面酒吧里喝醉了闹事，被警察通知了校方。

“就是运动会比赛找人代跑了。好像是因为这学生平常比较优秀，什么演讲比赛作文比赛还有以前的运动会，都得过奖。还是我们院的。”阿姚不以为然地撇撇嘴，两人逆着人流离开了告示牌周围，“我认得那个人，三班的学委，时樱。”

“是吗？”周睽惊讶于自己居然毫无异样地说出了这两个字，她甚至还笑了一下。现在是日常聊天模式。

“你认识吗？那个时樱。”阿姚的语气也是日常聊天模式，无误。

“哦，认得她的长相，因为去年一起参加过比赛。”周睽说的是实话。她想了想又补充一句：“她得了一等奖。”

“你还跟她一起参加过比赛啊？”阿姚看了她一眼，有一丝惊讶，不过这丝惊讶没有持续多久，因为她们看到电梯的门刚好开了，就立刻一路小跑过去。

“按一下六楼，谢谢。”阿姚跳进电梯里，喘着气。

电梯门关闭，狭小的方形空间内挤满了人和安静的空气，有关时樱的聊天到此结束。

周暌记得今天上午时樱的三班和自己班的课都是第一节，而且都是翻译课。

离八点上课还有四分钟的时候，老师正在整理上课的讲义，坐在第一排的周暌突然站起身子微微向前俯身，低声道：“抱歉，老师，我想出去一下可以吗？”

老师是个温柔的老太太，听说去年已经退休了，在家里觉得无聊又回到学校教书。老师显然误解周暌是要去厕所，她点点头，也小声回应道：“啊，好的好的，你去吧。”

“谢谢老师。”周暌在旁边阿姚疑惑的眼神中悄悄溜了出去。

如果没记错的话，三班这节课的教室应该是在走廊西边尽头，南侧的602教室。周暌走出教室之后，转身向走廊尽头走去。她的双脚由于紧张而稍显僵硬，落在走廊的地板上毫无声息。尽管走廊上没有人注意她，有的只是临上课前行色匆忙的学生，她还是怀着紧张而不安的心情继续走着，那种心情好像是下一秒就会尖叫出来一样，好几次她差点失去勇气转身回教室。

终于到了，经过602后门的时候，周睽若无其事地从敞开的后门朝教室里飞快地瞥了一眼。没有看到时樱。可能是从后面没有认出来，周睽想，而且刚才看的那一眼太粗略了。

经过前门的时候，周睽又扭头看了一眼，假装不经意的样子。还是没有。

周睽脚步轻飘飘的。我在干什么呀？她大脑里有个声音在尖叫着逼问。

周睽走到走廊尽头602教室旁边的洗手台，拧开水龙头，一股细流垂下，轻微的“哗啦”水声在她脑子里响着，赶走了尖叫，周睽把手伸到水流下，虽然比手温要低，但不算太冰，很舒服的温度。

机械地洗了手之后，回去再经过一次602教室，她特意放慢了脚步。从正门经过，仔细地扫视了教室里的每个角落，没有时樱。上课铃已经响了，602教室里的老师已经开始讲课了。从后门经过，再看一遍，周睽几乎是怀着绝望的心情。没有时樱。

突然前面有个声音，很小声地喊了她的名字。

“周睽？”

周睽扭头，看到时樱从楼梯口走到她面前，气息没有丝毫的凌乱，应该是乘电梯上来的，步伐也没有因为上课铃而变得急促，书抱在怀里，没有拿书包。看见周睽，她抿了一下嘴，露出一个像是微笑的表情，然后——不知是说自己还是在说周睽——轻声道："上课啦！快点。"

说完，时樱微微点下头，从周睽一侧走过，闪身进了602教室。各个教室里老师讲课的声音开始响起，雾一样在走廊里回荡飘散。周睽只觉得自己的呼吸无比粗重，她的心情奇怪而别扭，还掺杂着不祥的预感。

不要再做奇怪的事情了。周睽有气无力地警告自己，回去上课。

然而，即使周睽让自己不去细想时樱被处分的事，也挡不住别人的讨论，更何况她在一班，时樱在三班，互相认识的同学不在少数。而且时樱是三班的学委，在整个日语学院都算得上是非常优秀的学生，每次她又获了什么奖，大厅都会有牌子把她的照片和奖项挂出来。不要说周睽班里和日语学院了，其他学院的学生认识时樱的名字和面孔的也大有人在。

如今她的名字被挂出来居然是因为被处分了。就那天在周睽去看的全市大学的运动会上，一个五十米短跑的比赛。虽然大家嘴上克制着说话的分寸，但这件事对他们来说，像是索然的生活中突如其来的惊喜，吃饭时不再味同嚼蜡的聊天佐料。不能跑就算了呗，居然还找人代跑，真以为能瞒过教练？太天真了，想得奖想疯了吧？流传在学生间的议论像是不断蓬松壮大的棉团，里面明露暗藏着密密麻麻的小刺儿。周睽中午去食堂买饭的时候，几个从她身边经过的学生旁若无人地大声讨论着什么，其中"时樱"这两个字清晰地掉到了周睽耳朵里，周睽开始神经质般地紧张不已，拿餐具的时候甚至发现自己的手在微微颤抖。如果这个时候时樱出现在自己面前的话，她想，自己一定会站到她面前，质问她到底怎么回事。

我还给你绑了我的鞋带。她有点没来由的恼。

她果然在这天又见到了时樱。有的人就是很奇怪，明明就在你身边，可像不存在一样大半年都见不到一次，突然又不知道为什么，在某一时间点频繁出现在你面前，让你不得不注意。比如说时樱。

周暌下午去了图书馆，在图书馆三楼看了一下午《红楼梦》。她经常会这样，有的时候突然很想再看一遍某本书里的某些内容，尽管里面不少句子她已经滚瓜烂熟了。比如说《红楼梦》，比如说《罪与罚》，比如说《漫长的告别》。周暌本想看《虞美人草》，可惜她没有找到那本书，只好坐在图书馆一个被书架刚好挡住的角落里，看了一下午的《红楼梦》。看到袭人去找林黛玉说话的时候，周暌把视线从书上抬起，仰着脸闭上了眼睛，她知道接下来袭人去找林黛玉要干什么，也知道袭人第一句话说了什么。她觉得有点累，不想再看下去。

周暌把书放回书架，窗外已经暗了下来，合欢树枝丫的黑影印在窗玻璃上，静止在没有风的暮色里，有一种奇异的美感，像是巫师住的古堡的窗外风景。

走到一楼图书馆出口的位置，周暌看见时樱在管理员服务窗口前，正俯身低声说着什么。她从窗口处递给管理员两本书，然后又轻快地点了两下头，直起身子的时候刚好看到周暌。两人顺着一起离开了图书馆。

“你今晚有事吗？”时樱说。

“什么？”

“替同学买的电影票，结果她今晚突然有事去不了。票不能退了，你要去吗？七点的场，六点半去。”

“好啊。”

“那六点二十，宿舍楼大厅等你。”

周暌回宿舍的时候没有乘电梯，她脑子里想着事情，步履缓慢地爬着楼梯，一直爬到六楼，也没怎么觉得累。她想不明白自己为什么要答应时樱，为什么又突然没勇气质问她。仿佛两个人面对面，心虚的那个反倒是自己。回到宿舍，璇哥和雪鹅在聊天，阿姚在阳台上把洗的衣服晾起来。

“去吃饭吗？”璇哥看见周暌进来就问：“我们上次去的那家烤鱼店今天有优惠活动。”

“我不去了，你们去吧。”周暌伸个懒腰，从架子上扯下浴巾，“我去洗澡。”

“等你洗完澡去，必须四个人去才有优惠。”阿姚在阳台上一边晾衣服一边大声说。

“找隔壁宿舍的人吧，我今天晚上有事儿。”

“什么事儿？我记得你今晚没有社团活动也没有课的，也别跟我说你要去图书馆自习。”雪鹅饶有兴趣地看着周暌，“难道你开窍了去跟人约会？”

周暌用浴巾往雪鹅身上轻轻摔了一下：“跟女生一起出去，已经约好了去看电影。”

“谁？”

“时樱。”

雪鹅脸上那一秒的笑是凝固的，是前一秒的笑忘了变化的尴尬遗留物：“受处分的那个时樱？”

“你什么时候跟她认识的？关系好到可以一起看电影？”阿姚摊着湿漉漉的双手从阳台走进屋里，“早上看那个告示的时候，你怎么没告诉我你跟她是朋友？”

“你又没问我。”周暌故作理直气壮地撇嘴，其实非常心虚，自己是时樱的朋友吗？

璇哥语气有点严肃：“虽然这样说有点那什么，不过，她找人代跑，小暌你还是小心点。”

“嗯。”周暌低着头换拖鞋，心虚得好像找人代跑的是自己一样。小心什么呢？她会骗自己吗？周暌心想，突然邀请我一起去看电影，确实没有说得出口的逻辑。不过她骗我什么呢？我根本没有值得被骗的东西。

或者说，我没有什么作为朋友的价值啊。周暌用力拽掉拖鞋上的一根线头。

宿舍里安静下来，雪鹅和璇哥的谈话中止了，她们俩默默在彼此和周暌身上交换着视线，酝酿着下一个话题。阿姚回到阳台上晾她的衣服，走廊上飘来不知哪个宿舍里在练小提琴的声音，连不懂音乐的周暌都觉得有点糟糕。

洗完澡之后神清气爽的周暌散着一头黑发，围着一条红色的围巾下了楼。时樱坐在宿舍一楼大厅的沙发那里，低着头摆弄自己的手指。周暌突然跳到她面前，把时樱吓了一跳。两人关系似乎很和善，看上去和普通的关系要好的朋友没什么区别。但陌生人第一次见面也可以表现得热情而亲切，不是吗?

她们先乘地铁，然后再步行一段路。在地铁站和地铁上，借着拥挤喧哗的人群的掩护，两人几乎没说什么话。出了地铁站之后，空间宽敞了许多，偌大的城市给人提供了足够的空间用以交谈，还有音响、霓虹、车水马龙做恰到好处的掩饰物，避免视线无处安放而尴尬。擦肩而过的路人不会在意你的聊天内容，不管你说的是父母今天在他们的卧室里很凶地打了一架，玻璃杯被摔成了一地危险闪光的碎渣，还是学校老师狠狠地骂了你一顿，眼神像在嫌弃不小心踩到的垃圾，再或者是被父母抛弃的人，为了不被饿死怎样拼命地卖着力气。霓虹灯下面比你的想象还悲惨的故事遍地都是。除了流浪汉，没人有那闲工夫关注一个路人的情绪和经历，再说了，这个城市里的流浪汉和天上的星星一样罕见。夜晚城市的喧嚣，只不过是巨大夜空下的梦呓。

“我还没跟你说看什么电影呢。”时樱轻飘飘的视线一路顺过街边的橱窗。

“看什么？”

“可能很无聊的电影。”时樱有点犹豫地说，不好意思地笑。

周暌也笑笑，两人又沉默了。周暌看着时樱的后背，有关创可贴和运动会的问题卡在喉咙里，让她很难受。周暌一边拼命想着这个问题，一边拼命抑制自己不要把话吐出来。这很痛苦，她完全没有了欣赏电影的闲情逸致，甚至开始后悔自己为什么要答应跟她一起看电影找罪受，自己一定是脑子不正常了。

是最新上映的一个片子，内容无非就是几个高中生青春期的故事，矫情做作的情节和无脑台词，还有一群三十多岁的演员用厚厚的妆化出来的所谓青春面孔，彼此呼应得毫无违和感，赚得整个电影院的小男生小女生在黑暗里眼睛缀满了泪水，恨不得立刻站起来，和电影里的人物一起念出人生十几岁看破红尘的台词。无聊这个形容词在这个电影面前都显得苍白且无力。

周暌在电影院的黑暗里一小口一小口地吸着可乐，感觉自己快把这一年的耐心都在电影院用完了。唯一值得感慨的是电影的无脑程度从始至终都水平稳定，观众的反应也恰到好处，该湿的纸巾都湿了，该被划重点的台词和场景也都被好好记了下来。又是一个成功的电影，了不起。

也可能正是因为这个无聊的电影让周暌变得焦躁了，在电影院旁边的拉面店里吃面的时候，周暌忍不住在面端上来之前开了口。

“这样说可能有些失礼，不过我还是想问你。”

时樱坐在对面，抬眼看看她，神色中没有一丝紧张或者压力，反而像有点困惑。

“我听说你……”

“你想说运动会？”时樱视线落到两人之间的桌面上精致的木质纹路，似乎在斟酌措辞。

“我说的就是运动会，就那个……五十米短跑。”“哦。”时樱又看了一眼周暌，没有明显的神情变化，“你是看了逸夫楼的告示？”说着，嘴角不经意间扬起了一个微妙的弧度，一个奇怪的微笑。

“对。”周暌比时樱还紧张，“那天我在新校区还看见你了。是那天吧？”这是什么情况，怎么像是自己在对时樱解释什么。天呐，周暌你在问些什么。

“啊，是啊。”时樱微微闭起眼，两只手的无名指按着太阳穴，“我中途走了嘛。”

周暌刚要从胸口蹦出来的问句被端来拉面的服务员打断了，两碗拉面端放在桌面上，腾起的白色热气声势浩大，混着香气占据了两人之间的空气，似乎要把她们的谈话都冲开。一团细细的面条在热汤里恰到好处地松散开来，汤上漂着青黄的新鲜蒜苗和红亮的辣椒油，深色的牛肉片在面上堆着。周暌的食欲被勾了出来。隔着热气，时樱低下头，拿起筷子挑起了面，那几根细长的面被面馆暖黄的灯光衬得十分好看，面条本身朴实的黄色泛着亮光，又在云雾一样的白色热气中微微颤抖着。时樱试探着咬断了几根面，像是被烫到了一般从牙缝微微地吸着气。

周暌没有把接下来的问句说出口，她还没想好要问什么。“你那天比赛突然跑到哪里去了？”“为什么要找人代赛？为什么不自己跑？”“既然都不比赛了为什么还要去？”

拉面浓郁且热乎的味道在她口腔里横冲直撞，入冬的夜晚，没有什么比一家有笑眯眯的胖老板和暖黄色灯光的拉面店更能抚慰人心。

“我中间走了嘛。”正当周睽沉浸在拉面的美味中时，时樱突然又说了一句，并且抬起头看着她，眼神被拉面上方的热气渲染得暧昧不清。

“中间走了？”周睽愣愣地问。

“嗯。我爸有事突然叫我回去。从我们校区到我家坐地铁就花十分钟，不过从新校区回去就远了。”

周睽不懂为什么她爸一个大人有什么事非要叫她回去。不过时樱没有等她问什么就反过来问：“你怎么看？”

“你是说，”那几个词语从嘴里出来得有些艰难，“在运动会上作假的事？”

“啊，是啊，对，随便。你有什么看法吗？”时樱似乎对周睽的用词稍感讶异。

“我觉得，呃，这真是太糟糕了。”周睽说的每一个字都沾满了过多的情绪。

“确实。”

“就算是中途有什么事故，为什么不和工作人员说一下呢？”周睽顿了顿，“还是说，你本来就打算好了？那为什么还要去运动会呢？”

“你一下子问得太多了，我都不知道怎么回答了。”时樱不合时宜地笑笑，嘴硬道，“而且我为什么要告诉你？我不过是多了一张电影票所以请你来看电影的——今天电影很糟糕吧？”

“如果只是电影本身糟糕还好，最糟糕的是我居然买了可乐带进去，估计我得有段时间不会再买这种碳酸饮料了——我敢打赌下次可乐的味道出现在我嘴巴里的时候，我会立刻想起那一段在电影院里又臭又长的时间。”

时樱笑得身子稍微后仰：“你这态度可不好。毕竟是别人请你来看电影的。”

“啊，是。谢谢你。”

“听上去像讽刺。”

“不是讽刺，是真的，谢谢。我的意思是，虽然电影真的很无聊，不过有人请我做点什么我总是很高兴的。”周睽仔细地看着时樱，“不过拜托，下次不要跟你朋友去看这种电影了。去公园散步吧，还可以聊聊天什么的。”

“好主意。不过聊什么呢？”

“随便，你们可以聊彼此看过的最无聊的电影。”

“哈哈。”时樱的笑声干巴巴的，生硬地插进谈话又抽走，“你看见我运动会的时候离开了，对吧？你还给我换了鞋带。虽然鞋带没有派上用场，但我也很感谢你。”

周睽点点头。时樱又说：“我也见你溜走过一次——我不是说运动会，是刚入学的时候，我们还是新生的时候，我看见你从后门溜走了，你跟负责人说你有急事。”

“你是在说……”周暌突然想起来了。那是大一刚入学时候的读书分享会。入学之前每个新生都收到了入学作业，作业有一项是在暑假读一本书，开学后交一篇读后感。周暌不知道写什么，想了半天只好还是写了《红楼梦》的读后感交上去了，没想到后来被选中参加新生读书分享会。

虽然她不大喜欢集体活动，但是她接到通知时还是很开心的。可能是因为离开了高中生活，新环境的一切都能轻易地让她产生过多的欣喜和期待。她是第一个站起来发言的，念她的那篇读后感。

她写的是篇中规中矩但也算真情实意的读后感，很认真地写上了自己的想法和感悟。从分享会开始到周暌念完自己的文章，她都沉浸在自己真挚到可笑的感动和喜悦中。大家也都报上了热烈的掌声。周暌带着羞涩的笑，鞠躬回到座位。一张张充满笑容的面孔和暖烘烘的氛围让她有些飘飘然。她甚至在那一刻真的觉得自己处在一个从出生以来最舒适自由的环境里。只要她愿意，她就可以结交很多朋友，做很多事情。

可是没撑到半个小时她就从后门溜走了。

“唯一一个溜走的人。你溜走的时候大概没想到有人正盯着你看。如果是什么晚会，溜走几个人都无所谓。但是那天的读书分享会比较小型，每个来现场的人都被登记了名字。你也绝对没有想到，我坐在窗户旁边，清楚地看到你出去之后悠闲地买了支雪糕，完全不是有急事的样子。”

“你太可怕了。”周暌皱起眉头看着她，谁都能看出来那绝不是不愉快的表情。

时樱笑了。“我记得清楚得很。你知道为什么吗？”她没等周暌回答就自己说了下去，“我在你前面就跟后门的学生会干部说我可不可以提前离场，那是个大二的学姐，从头到尾都皱着眉头，表情跟水泥做的似的，大概是被硬派来做工作人员的。听了我的话狠狠地瞪了我一眼，话都懒得给我，就摇了一下头。”

周暌“扑哧”一声笑了。她好像知道时樱要说什么了。

“我就只好回去坐下了呗。结果我刚坐下没多久，就看见你从后门溜走了。”时樱歪着脑袋，皱着眉头无可奈何地笑。

周暌咬断拉面，低着头笑：“我跟她说，宿舍水房的水龙头坏了，水流到了我宿舍，舍友都不在学校，我得赶紧回去。”

“真的？”

“假的，我们宿舍离水房十万八千里。”

“啊！你太狡猾了！真实的原因是什么？”

周暌苦笑：“你真不知道吗？你有没有听到他们把《红楼梦》说成青春言情小说？那不是什么读书分享会，那就是另一种聚会——我不是说聚会不好，我只是说……呃，干脆就说交友会，或者什么讲笑话大会、插科打诨大会、胡言乱语大会，什么名字都可以。反正我不应该待在那个场合，就是不喜欢——你是不是觉得我很矫情？”

“像一场闹剧表演，连喜剧都算不上。我就知道，”时樱低头吃面，含糊不清地说，“可大家老是把闹剧当喜剧。”

“不过后来我真的搬到了离水房最近的宿舍，而且也真的被水淹过一次，舍友也真的让我回去了，打的电话。”

“可以当成撒谎的报应？”

“不，纯属巧合。”周睽自嘲道，“要是撒谎真的有报应的话，那我现在会很惨。”

“比如说一辈子聚餐都要吃鱼？”时樱饶有兴趣地看着她，眼神像个大人在逗小孩子。

周睽抬起头，吃惊地看着她，那份惊讶里的友好的成分像林中的鸟儿被惊散，不见了踪影。

时樱耸耸肩，看着周睽：“这也完全是个巧合。我和你们宿舍的林璇在有次活动后聚过餐，刚好坐在一起。中间有道菜是烤鱼。她说有家店的烤鱼特别好吃，她宿舍去过好几次。林璇又说，她宿舍有个叫周睽的特别喜欢吃鱼，不过不能吃辣，所以她们每次都得给周睽点一条不辣的鱼。我刚好认识她口中那个叫周睽的，在一次不太愉快的读书分享会上。”

周睽还是看着她，眼神里都是怀疑。

是在学校的饺子小店，冬至那天店里人很多。周睽去吃饺子，刚好时樱也和同学在那里面。

周睽看着菜单犹豫了一下。饭馆的小哥带着不知哪里的口音，笑呵呵地问道：“新推出的鱼肉馅饺子，要不要尝一下？”

“鱼肉？我还没吃过鱼肉馅的饺子。”

“怎样？要不要试一下？”

“不要，我还是三鲜馅儿的吧。我是真的不喜欢吃鱼。”周睽笑容明朗。

时樱平静地说：“我就站在你后面排队，本来想打声招呼，但是想想，好像只是我单方面在分享会和林璇的口中认识了你，你可能根本不认识我。因为那时候还没有一起参加演讲比赛。”

“我想这姑娘可真奇怪，我第一次记住你的时候，以为你是个很地道的人，可你又对室友撒谎，还是这种完全没必要的谎，是因为你喜欢谎言吗？”

周睽沉默着把拉面送进嘴里。她吃的时候安静得不可思议。时樱的上身不由自主地前倾，眼睛在灯光的照耀下亮亮的：“你知道吗？从那之后我经常看到你，除了上课时间。就好像是，只要我愿意，我就能毫不费力地找到你一样。这么说你可能不信，但是打个比方，周六和周日，过了食堂的午饭高峰期，你大概就会出现在食堂二楼。周五晚上六点多的时候，你大概会出现在食堂地下一层，可能是在便利店，可能是在水果店，或者二手书店、奶茶店、复印店，我有次还见过你去那里修电脑、买耳机。当然不可能每次都准，但我确实见过你好多次。”

周睽持续沉默着，已经放弃了展现出友好亲切的神情的努力——就像她对每个同学都做的那样——脸上只剩下漠然和敌意。时樱的视线末端落在周睽的脸上，但她却没有在看周睽，而是盯着虚空中的某一点，继续说着："我不是什么奇怪的人，也不是变态跟踪狂。虽然我知道我刚刚说的话很容易引起误解，但我还是希望你不要误解我。如果你误解我的话，我会觉得非常非常遗憾，真的。我从来没有试图打扰你，我只是有的时候觉得很奇怪，觉得你有某个点很奇怪，就好像有时候我会觉得我自己某个点很奇怪一样。"

"但是我现在做的事很奇怪吧？不奇怪吗？没有什么朋友本来要跟我一起来看电影，电影票是我邀请你之后临时买的，不巧的是，时间刚好又有票的只有这个影院的这部电影。真是非常抱歉，让你在电影院浪费了那么多时间。我真的觉得非常抱歉。啊，你一定觉得我很奇怪吧？确实有点奇怪了，我最近总是冲动。"时樱说完就泄了气，身子软下来，靠在座位的椅背上，神情疲惫不堪，"很奇怪吧？"面在汤里泡着，碗上残余的热气稀薄无力。

"很奇怪。"周睽放下筷子，有些愠怒地喃喃道，"太荒唐了！我出来是干什么来了？"

时樱凄然一笑："你想问我为什么找人代跑吧？"

"为什么？"周睽机械性地跟着问了，她脑海里最先出现的却是那个创可贴，时樱左耳前光滑的皮肤上，曾经有过的那个创可贴。那下面是个什么样的伤口？你能告诉我吗？

"我家里需要我回去，我必须要走，不想去找老师，刚好旁边有个网球校队的姑娘，她没有参赛，又跟我体型差不多。我试着问她能不能替我比赛，当然我会付她钱，她很愉快地答应了。”

时樱看着她：“事情的经过就是这样。我说完了，你信吗？”

“如果你告诉我你没有撒谎的话。”

“我没有。”

“那我只能信了。”周暌发出一声像是悲叹的叹息，事情最关键的解释总是被不动声色地跳过，可她现在又没有力气追问下去，“我们在这里说些什么？我都晕了。我现在应该在自习室学习，不是坐在这里，像这样吃着快要凉掉的拉面，说着撒谎不撒谎的话题。”

“这也不是我想的。”时樱的眼神中流露出一种类似于哀伤的情绪，“不过说实话，我约你出来的时候，也根本没想到会变成什么样子。我在图书馆看见你的时候，只是脑子里突然蹦出来的念头，请你做些事情，看电影是我想到的第一个词——我脑子一到关键时刻就不够用——我不知道你能不能理解，虽然有些失礼，但我没有任何目的和计划，只是心血来潮。”

“这很好理解。谁都会有这种时刻，大脑的发条突然出现了故障，做一些说不上动机的事情。要非说有什么目的的话，大概也只是为了让自己莫名其妙的情绪平静下来。”周暌轻轻地按摩自己的太阳穴，“你现在觉得自己莫名其妙的情绪平静下来了吗？”

“我也不知道。”

“那就不要再管情绪了。赶紧吃吧，时樱，我们两个只顾着说话，把拉面晾在这里对厨师也太失礼了。”

“好。”时樱拿起筷子低头开始吃面，“有点凉了。”

“没有刚才好吃。”

“嗯。”时樱嘴里都是面，低着头含糊不清地应了一句，那个字听起来像哭了一样，当然她并没有哭，“周暌，你先回去吧，不用等我了。”周暌的面已经吃完了。

“我都跟你一起出来了，你让我一个人回去？”周暌笑着说，听上去已经恢复了正常的样子。

时樱还是低着头：“对不起。你回学校吧。让我自己在这吃完面再走。”明明是要求，语气却弱得像是恳求一样。

“反正我也没什么事儿，还是等着你吧。你看上去不像看完电影吃面，倒像个失恋少女喝闷酒。要是你想听的话，回去的路上我还可以告诉你除了鱼之外还有什么我讨厌的事物。”

“比如说拉面？”

“这倒不至于，我发誓拉面是我偏喜欢的事物。不然在看了那部电影之后再让我吃讨厌的东西的话，我绝对没有耐心坐到现在。”

时樱笑了，但还是摇摇头：“拜托，周暌。今天晚上很抱歉。当然我也很感激你，不仅仅因为今天晚上，单单是知道你这个人就足以使我感激你了……怎么回事？我好像说了情绪奇怪的话。”

“可以理解。”

“谢谢理解。”

“那我先走了。”

“路上小心。”

“你也小心，不要喝醉了坐错地铁。”

时樱笑了：“吃拉面不会醉的。”

“也是。再见，时樱。”

“再见，周睽。下次如果我邀请你——不是看电影——你还会答应我吧？”

“如果你愿意叫我的话。”周睽和时樱脸上的微笑像是人行道上两片相似的落叶。

四

周暌回到学校的时候，校园里也完全进入了夜晚，光与暗在高低不一的建筑间错落有致。周暌的学校大概是民国时期建的，最标志性的建筑——在学校网站和宣传印刷的小册子上都会出现的——就是正对着北大门的一座钟楼，听说是当时的一个外国传教士建造的教堂。周暌在大一开学的时候，和新同学一起被老师带着进去参观过一次，后来就再也没机会进去过，她只记得里面有巨大得令她眩晕的拱形穹顶，漂亮又神秘的彩绘玻璃窗，还有花纹繁复的古老的地板。满满的异国风情。

即使学校后来多次改建，也是依着原本的建筑风格设计，刚好能吸引游客的那种复古又洋气——当然周暌相信这并非这些建筑被建造的初衷——甚至还会有穿着奶油蛋糕一样夸张的婚纱的新娘，和新郎一起带着摄影师来校园里拍漂亮的婚纱照。

因为学校在市中心，周围的居民，大多是中老年居民，经常来这里锻炼身体。大清早，周睽六点下宿舍楼去食堂买早点的时候，就会看见操场的塑胶跑道上，已经有很多人穿着颜色鲜艳的运动衣一圈一圈地跑。他们大多沉默着，目光平静地望着前方。周睽离开食堂去逸夫楼的时候，还会看到一些她从宿舍到食堂时见到的熟悉面孔——他们都是不跑几十圈就不会离开的样子。还有一些年龄大些，爷爷奶奶级别的，大多在操场外面，散落在校园各处。清早的小花园从不会缺少白衣飘飘打太极的老人家。周睽记得最深的是一个老伯伯。每次夕阳西下，暮色渐渐弥漫，小花园的花草灌木轮廓开始模糊的时候，那个老伯伯就会准时出现。他戴着一顶浅色的牛仔帽，坐在长椅上拉手风琴。他总是微微低着头，身子和琴仿佛在随着晚风轻轻摇晃。周睽看不清他的面孔，但她觉得老伯伯总是闭着眼的。周睽不懂手风琴，但她很喜欢老伯伯的琴声，谈不上忧伤谈不上欢快，只是在路灯还未亮起的渐浓的暮色中飘荡着，平静得像是暮色本身。

可惜周睽今天回来得太晚了，小花园里没有老伯伯的身影，估计早就离开了。校园内暖黄色的路灯已经亮起。几个外国留学生在花园一角你一言我一语地讨论着什么，手舞足蹈地比画着，时不时爆发出笑声，像是在排练什么。一对年轻的夫妻在散步，年轻的妈妈小心地推着婴儿车。两人轻声细语地聊着天，时不时扭过头去交换眼神的动作也极为柔和。还有一个大妈旁若无人地用一种奇怪的方式锻炼身体，抬手迈脚的动作极为缓慢，像是电影中夸张的慢镜头，让人感觉她周围暮色的流动都缓慢了许多。一个穿着精致的中年妇女牵着一个小男孩儿，耐心地跟他说着简单的英文。小男孩儿很乖，很努力地用英文回答，实在不会的地方就夹杂着一些中文。

周暌在小花园旁的长椅上坐了不到五分钟就起身离开，匆匆地朝宿舍楼走去。

宿舍的门锁着，周暌看了一眼表，九点多，估计她们刚走没多久。周暌掏出钥匙开了锁，然后轻轻推开门，打开灯。黑暗的房间一瞬间被明亮的光线充满，周暌被晃了一下眼。刚从外面回来，宿舍静得让她不太习惯，她甚至觉得自己的呼吸都有点吵。

周暌解开红色围巾挂在门口，顿时觉得脖子那里空荡荡的。然后她坐在书桌前梳自己的头发，披散下来离腰部还有十厘米，周暌对这个长度很满意。她的头发多而黑，常常能为她引来舍友的羡慕。单单因为头发而被羡慕总是让周暌觉得心虚惶恐，好像是不劳而获反倒受到了表扬一样。另一方面她又觉得自己过于神经质，何必为了头发纠结值不值得的问题呢？不管怎么说，本来对自己的头发无感的周暌，在舍友的肯定下也渐渐喜欢上了自己的头发。说不定它就是值得心安理得喜欢的事物，周暌这样想。

头发没有乱，很柔顺地通过木梳的齿间距。周暌的手摸到发丝，冰凉的触感，残留着室外空气的温度，像是在沉默地提醒她一些事情。尽管周暌并没有刻意避免声响，但她还是觉得寂静塞满了宿舍每个角落。她的行动所造成的声响只是这牢不可破的寂静的小小装饰。

平常周睽也有恰巧一个人待在宿舍的时候，不过今晚她似乎过于敏感，变得无法忍受这种充满了压迫感的寂静，甚至感到自己极其寂寞。她越是制造声音，越是觉得被寂静逼得紧。

正在周睽陷于自我拉扯的胡思乱想中的时候，桌面上的手机及时“呜呜”震动了起来，屏幕亮起，是璇哥打来的电话。

“喂，璇哥。”

“小睽，我们仨出门都忘带钥匙了。”

“没事儿，我带着钥匙呢。”周睽听见电话那头隐隐约约的喧哗，那家烤鱼店内熟悉的热闹场景立刻在她眼前生动地浮现。

“那就好。你回学校了吗？”

“我现在就在宿舍。”周睽一只手无聊地摆弄着木梳，“享受豪华单人间。”

“你在宿舍？”璇哥表现出讶异，“那你可以来呀，我们的烤鱼马上就端上来了。你到这里刚好可以享受香喷喷热腾腾的烤鱼。”

周睽听到雪鹅的笑声也隐约传出手机，似乎是在叫她的名字。“不了，我已经在外面吃过了。我现在只想瘫在床上。”

“吃了就躺对肠胃不好。”

“管它呢。璇哥拜拜。”

“拜拜。”

放下手机，寂静又卷土重来。周睽觉得这通电话挂得过于草率了，她还没有从这通电话中感受到足够的热闹的生活气息：来自人群，来自人与人之间的联系的那种生活气息；站在傍晚的步行街上扑面而来的那种生活气息；说话可以得到回应、理解，或者争吵的那种生活气息；混合着冷掉的拉面，皱巴巴的电影票，沾染上污渍的小说，未完成的赴约，娱乐杂志，搞笑综艺节目的生活气息。

停止。大脑发出严厉的声响。

周睽站起身来，原地蹦跳了两下，身体没有她想象的轻盈，她只感到了衣服层层包裹下的肉体的笨重。周睽最近在增重，目标是九十五斤以上。想到这儿，她向阳台走去，那里有个小小的体重计。周睽甩掉拖鞋站在体重计上，低着头看上面的数据，整数是四十八，小数点后面那两位数从她脑子里一溜而过。就算四十八千克，那就是九十六斤。

很好，增重达成了目标。周睽满意地对自己点点头。这个时候桌子上的手机又开始震动了，她穿着棉袜直接踩在地板上，向手机走去。是妈妈打来的。

周睽迟疑了一下，拿起手机按了接听，然后去穿拖鞋。

“晚上没课吧？”

“没有。”

“没有跑出去乱玩吧？”

“没有。”

“气胸好了吗？按时吃药。”

“好了。没有药。”

“让你好好吃药，老是不听话！就知道跟我抬杠！”

“妈，没有药。”周暌大脑里的机器发出轰鸣，把要说的话运送出来，“医生说气胸没有药可以吃。”

“吃点总是好的吧？”周暌听见妈妈对着手机不满地喊，“那什么……是以前在肺上做的手术伤口没有长好吧？气胸不是肺泡破裂什么的吗？啊……那就吃点云南白药胶囊吧……修补肺上损伤的地方。”

“好，我知道了，我一会儿去吃。”

“顺气丸吃了没有？”

“妈——”周暌把这个字的音调拉长又拧了两个弯儿，“我没事儿老吃顺气丸干吗？”

“这几天心情怎么样？”从高中带周暌去看过一次心理医生之后，周暌的妈妈对周暌的心情无比重视。

“心情？心情很好啊。”周暌盯着拖鞋上的花纹回答道。

“晚上睡得着吗？”

“嗯……”周暌的视线越过阳台的窗户，飘到远处的城市夜景，话也从她嘴里飘了出来，“失眠。”

“又失眠？”妈妈惊讶过后，一声叹息清晰地传送到周暌耳朵里。拜托你，周暌的大脑在拼命喊，拜托你不要再对我叹气了，我要疯了。

“偶尔。偶尔失眠，很正常，谁都会有这种情况。因为这样那样的事情，睡得晚了点儿。”

“你太小家子气了。”妈妈的语气和坐诊室的医生的语气一模一样，“跟你说了多少遍，凡事不要想太多，凡事看开一点。不要老是生气。开心是一天不开心也是一天，为什么不开心点儿呢？你非跟我过不去……”

“妈，”周暌像被人突然从后背推了一把一样叫了一声，“我知道了。”

“所以你要吃点顺气丸，气顺了，心情就好了，睡觉也好了。”

“我知道了。”

“好，按时吃药。你还有什么事儿吗？没事儿我先挂了，我还得给你弟弟做饭。”

“好。”周暌丢下手机，茫然地站了一会儿。然后打开衣柜收拾衣物。人们总是需要做一些毫无意义的事情使自己心情平静下来。可是当她意识到的时候，她正坐在衣柜里发呆，膝上放着叠到一半的上衣。脑海里的思考不知道在哪里突然断掉了，余下一大片空白，周暌甚至想不起来刚刚她胡思乱想的时候想的到底是什么。

她向后仰躺在柔软的衣物上，脸被衣柜的阴影覆盖着，感受自己的胸脯随着呼吸一起一伏，有一种疲惫过后得到喘息的心安。

收拾完衣柜，周暌在阳台上站了一会儿，回到屋内，又走到阳台，又回到屋内。第三次走到阳台上的时候，周暌突然听到隔壁阳台上传来了吉他声，是陶子坐在她们宿舍阳台上练吉他。周暌不懂音乐，听上去只感觉到一个一个音符艰难地蹦出来，硬邦邦地摔到了地上。

即使这样周暌也兴奋了起来，她忍到陶子弹完一段歇下来的间隙，叫她："陶子！"

陶子立刻扭过头来，一副受惊的表情望着她："下次别这样叫我，太吓人了。披头散发往那儿一站，像个扮鬼吓人的。"

"你在弹吉他？我听见你弹吉他。"

"没错，我是在弹吉他，倒霉的吉他。"陶子没好气地说，"好听吗？"

"好听？"

"我在自学吉他。"陶子把搁在身边高凳上的一本书翻得"呼啦啦"响。自学吉他，自学绘画，自学编程，自学会计。大家总喜欢自学点儿什么东西，买两本自学教程放在书桌上，然后等搬宿舍的时候再卖给二手书店。

"好玩吗？"

"好玩？"陶子叫道，"别开玩笑了！这是我学过的最麻烦的东西！"

周暌饶有兴趣，甚至有些不大厚道地看着她。陶子是个很有趣的家伙，她出一趟门能碰上一堆"最麻烦的东西"。

"你为什么要学吉他？"

"为什么？"陶子像鹦鹉学舌一样重复别人的问句，"不为什么。"

"不为什么为什么要学？"

"就是为了学些什么，为了不被社会抛弃，你得学点什么。”

“可是我们已经在学了。我们的专业，我们在学日语不是吗？”

“别跟我说日语！”陶子叫了起来，“我讨厌日语！那真是世界上最麻烦的语言！”陶子说的是实话，她本来在大学的志愿表上填了一堆财经金融之类的专业，没想到被调剂到这里来学日语。她对其他国家的语言一点兴趣都没有。这确实挺倒霉的。

“确实很麻烦。”周睽由衷地同情她，“你喜欢吉他？”

陶子烦躁地说：“我说了我不是喜欢吉他，我只是在讨厌日语。可我总得学点儿什么吧，不然是要被社会抛弃的。我说过了。”

“好吧。”周睽似懂非懂地点点头。

“你今天怎么这么闲？”陶子投来狐疑的目光。

“你有什么消磨时间的方法吗？”

“你可以学吹口琴。”

周睽大笑：“你真聪明。不过我不确定我能不能吹。我的肺有点脆弱。我的肺有点跟不上社会。陶子！你以后一定会成为个人才的！”

“什么？”陶子很随意地扔出简短的问句，并没有等回答，就低下头，又在翻看那本估计是讲吉他入门的书。

“你以后一定会是个人才！”周睽语气肯定地说完这句，离开了阳台。

冬天到了，接下来的这段时间，周暌和往常一样，上课、吃饭、自习、睡觉。她似乎一直在等时樱再次出现，不知是不是由于这个缘故，周暌察觉到自己最近变得有点沉默寡言了。乱七八糟的回忆被扯出来，频繁地在她大脑中回放，一遍又一遍。一些细节被挖出来放到显微镜下面，一些细节模糊到被怀疑其真实性。她自己，周暌，那个瘦小的女孩儿似乎就坐在某处，用牢不可破的沉默与周暌对峙。

沉湎于昨日是软弱的表现，但是如果不说出来，没人能指责你。

沉默是最容易的事情，也是周暌最擅长的事情。

周暌没有等太久，时樱就再次出现了。周五下午上完课，她在教室外面看到了人群里一闪而过的时樱，周暌连上前打个招呼的念头都没来得及产生，那个身影就消失在了熙攘的人流里。回宿舍的路上，周暌的胸口像是聚着一团阴云，呼吸不畅，闷闷不乐。要不是雪鹅叫住她，她都直接从宿舍楼门口走过去了。

雪鹅扮演着知心大姐姐的角色，问周暌最近怎么了。周暌摇摇头，自己也说不上来个所以然。“心情不好。”周暌最后这样说，“谁都有这样的时候？是吧，雪鹅？”

“当然。”雪鹅看着周暌的眼睛点点头，情感流露得过多了。那样子好像她们俩是世上彼此心意相通，独一无二的知己。这种眼神周暌见过好几次。稍一袒露内心，说出一些伤感的话，就会有被当作知己的危险。人们其实什么都不懂，既不懂自己也不懂别人。理论不足，情感泛滥。把冲动之下的胡言乱语当作肺腑之言，把别人漫不经心的回应当作高山流水得遇知音。啊，求你别用那种眼神看我了！

周暌避开关于自己心情的话题：“晚饭吃什么？”

“我想点外卖。一会儿去洗个澡，然后就窝在宿舍里哪儿都不去了。”

“好主意。”

“你呢？去食堂吗？”

“去食堂。”

“吃什么？”

“粥。”

“什么粥？”

“紫薯粥。”

“只喝粥？”

“再加一个茶叶蛋。”

如果你想在人群中活下去，就要每天重复这样的对话。谨记，最重要的是不厌其烦地重复，以此来加深和周围人之间的联系。

“我喝腻了黑米粥。”在六楼下电梯时周暌扭着头解释道，“我已经连续一个星期喝黑米粥了。”

“啊！周暌！”

周暌看见时樱就站在楼道里。楼道里光线不太足，周暌不知道她的表情是惊讶还是惊喜，是在看自己还是在看雪鹅。

“嗨！”雪鹅率先打了个漂亮的招呼。这姑娘的社交圈大到令周睽不敢相信的地步，认识时樱也不足为奇。

“雪儿！”时樱脸上露出饱满的笑容，和雪鹅打的招呼一样漂亮无瑕疵，“你们课上完了？”

“老师没拖堂。”雪鹅哈哈笑着说，“他爱人出差，他得赶回去给孩子做饭。”鬼知道雪鹅是怎么知道这些事情的。

“那得感谢他爱人了。”时樱也哈哈笑。周睽站在雪鹅旁边有点无所适从，脸上挤出的表情也不知道算不算笑。不过周睽没有为自己的表情纠结太久，因为她们很快就擦肩而过。在雪鹅和时樱看来，这不过是普通的一次偶遇，打个招呼就好，连说“拜拜”的必要都没有。周睽还没有反应过来就跟着雪鹅走了——她总是没有反应过来，她永远都反应迟钝。

刚回到宿舍把书包放下，手机就响了。陌生号码打来的。周睽直接挂掉。刚一挂掉，同一个陌生号码又打来了一次。大概是谁打错了吧？周睽按下了接听。

“您好。”

手机里传来被刻意压抑着的恶作剧般的轻笑，然后声音很轻很轻地——就像是躲在某处防止被人发现似的——叫了一声：“周睽。”

“啊？”周睽吃惊地叫了出来，抓住手机扭头看了看宿舍里的其他三人。阿姚一脸茫然地看着她：“怎么了？你在跟谁打电话？”

“我是时樱。”依旧很轻，夹杂着与刚才周睽看到的笑截然不同的，恶作剧性质的笑。周睽能感觉到她是嘴唇贴着手机说出来的。周睽知道她就在外面的走廊里。

“啊……”周睽看着她们三个，她们三个也看着周睽。她把手机紧贴着耳朵，尽管知道除了她没人能听见手机里的声音。

“你今晚上有什么要紧的事吗？”

“我唯一要紧的事就是消磨时间。”在舍友疑惑的注视下，周睽有种紧张的快感。明明是跟时樱通话，却像在对雪鹅她们撒谎。

“六点十分，学校北门。我邀请你去消磨时间。”

“那我非常感谢你。”

周睽深吸一口气，然后呼出来，放下手机。

“谁跟你打电话？”阿姚一动不动地盯着她。雪鹅和璇哥都各做各的事儿去了。

“朋友。”

“朋友？”阿姚可没见过周睽有什么朋友。

周睽决心不说话了。现在时间才四点多，周睽决定在下楼之前先写会儿作业。写作课的樱井老师布置了一篇日语作文，写自己的家人。一个小时可以先写个草稿。

“找你有什么事儿吗？”阿姚又问了一句。

“嗯？”周睽翻来翻去找不到稿纸，“谁能借我张稿纸？璇哥借我张稿纸。”璇哥戴着耳机不知道在听什么，摇头晃脑地沉浸在自己的世界里。周睽只好转向雪鹅：“雪鹅借我张纸，拜托。”雪鹅头也不回地递来一张稿纸，然后继续专心致志地整理她装口红的盒子。

“你朋友找你有什么事儿？”

“当然是朋友间的事儿。阿姚，你非得知道这些不可吗？我得写作文了。我要写一篇才华横溢得足以让樱井先生记住我的文章。”周暌咬着笔杆。

“得了吧。早晨晚上都不分。”雪鹅突然笑着插了一句。璇哥被吵到了，她摘下耳机：“什么？你们在笑什么？”

又来了。周暌暗暗叫苦。教她们日语写作的是个年轻的日本男老师，姓樱井。周暌第一次看到樱井还以为他是个学生。这学期的第一节写作课，周暌因为把书忘在宿舍里，急匆匆回去取书。回来的时候马上就上课了，人流高峰期已经过去，电梯里只有她一个人。

樱井先生跑过来的时候，电梯门已经关了一半，周暌眼疾手快地按下了开门的按钮，看到面前的人眼神从黯淡变得明亮。

“谢谢。”他一边轻声说着一边走进电梯，礼貌又有点拘谨。周暌也心情很好地对他微笑。礼貌用语对于陌生人的心情是很重要的东西，可惜没有那么多人在乎陌生人的心情好坏。

电梯到七楼停下，门一开，周暌的身影立刻飞奔出去。她不想第一节写作课就迟到。从后门溜进教室，讲台上空无一人——周暌足够幸运，老师居然也迟到了。周暌刚坐稳，大气还没有喘均匀，就看到前门闪进一个身影。她吓得差点儿没叫出来。是刚刚电梯里那个人吗？他一边大步进来，一边口中不停地说“对不起”。底下的学生窃窃私语，因为这个老师不论是长相还是打扮完全是学生的样子，说是附近高中的理科男生都不会有人怀疑。

“我的妈呀。还以为对面高中的学生跑错学校了呢。我站他旁边就跟他大姐似的。”雪鹅低声吐槽，朝旁边的同学做了个鬼脸，引来一阵哄笑。老师不明所以地朝笑声的来源望了望。然后清清嗓子，在黑板上写下“樱井”两个大大的汉字，开始用日语进行简单的自我介绍。他在说日语的时候语速很慢，把每个音都发得很清晰。碰到学生发音用词奇怪的地方，他就会若有所思地点点头，然后耐心地纠正，学生改过来之后，他就会像抱歉似的笑笑，再满意地点头。周暌觉得他们是一群幼儿园的小朋友在初学说话。

“我打赌这个老师三十岁左右。”一下课雪鹅就得意地对一圈的人说，“要是高中有这样一个男同学，我早就追了。”

“不害臊。”丁琪推了雪鹅一把，“老师还没走远呢。”

雪鹅后知后觉地看了一眼教室门口，扭过头来吐吐舌头：“他可能听不懂中文。”

不过事实证明樱井的普通话标准到无可挑剔。不知道是不是被老师的态度感染，周暌每次完成樱井老师的作业都格外认真。

“我要写作文了。不要来烦我。”周暌高声宣告。

“什么？什么早晨晚上不分？”阿姚的问句转向雪鹅。雪鹅解释道："有一回晚上跟我一起从逸夫楼出来，刚好碰见樱井，这家伙脑子一抽，用日语大声来了一句早上好，把樱井吓得一愣。"

"哈哈哈。"阿姚夸张地笑了两声。

"我要——写——作文——"周暌咬牙切齿地说，"不要往我耳朵里面塞噪音。"

璇哥问："写什么？"

"作文。我的家人。"雪鹅捏着嗓子怪声怪气地说。璇哥"哦"了一声就又戴上耳机摇头晃脑。周暌很喜欢璇哥，因为璇哥对什么都没有兴趣。

周暌这次铁了心不理任何人，歪着头冥思苦想。

她家里有四个人，在初中教历史的父亲，做小生意的母亲，读初中的弟弟周铭一和读大学的周暌。

然后呢？周暌颓然垂下头，烦躁地抓着头发，忽然站起来。椅子腿在地板上刮出突兀刺耳的声音。"不写了。出去溜一圈。"阿姚斜过来一眼，居然没说话又转过头去。宿舍里只有璇哥"噼里啪啦"敲键盘的声音，雪鹅吸饮料的声音，还有阿姚嘴里永远不会消逝的咒语般的念念有词。

即使明天，也会是这个样子。可能有什么不同的地方，比如璇哥换了一件棉服，阿姚把英文单词书换成了欧洲近代史，雪鹅的电视剧看到了大结局——这没什么不一样的，在周暌看来没什么不一样的，明天还是会有人问她晚上吃什么。牛奶燕麦粥？银耳莲子汤？明天和今天和过去的每一天一样无聊。

停。

周暌沮丧地把椅子重新挪到屁股下面，坐下，深呼吸，坐直身子，面前的那张稿纸沉默地盯着她。她默默地把自己的姓名和班级号填上。

家庭，家庭，关于家庭还有什么？周暌使劲儿地揉着太阳穴。脑海中立刻浮现出她的九岁生日，事实上，这段记忆的浮现并不仅仅是因为要完成樱井老师的作业。每个人都会有一些记忆，这些记忆总是会频繁地造访你，不管你已经离开了几年、十几年还是几十年。

五

在九岁之前，周暌一直过着很普通的生活，算不上很幸福，但也算不上很不幸——至少那时的周暌没有觉得自己很不幸。如果就那样一直生活下去，似乎也没什么不妥。

当然没人知道她是否觉得幸福，因为没人会问她，更因为她自己始终保持着沉默。九岁的时候，周暌上小学四年级。生日那天下午放学，父亲接她回家，一路上都没有异样，可是到了家门前，周暌正兴致勃勃地说着学校里的事儿，父亲却没有了回应，她这才发现父亲阴沉着一张脸，十分恐怖，就吓得闭上了嘴。进门之后，她又发现母亲的身影没有像往常一样出现在厨房里，心里猛然一沉，全身都紧张了起来。周暌已经大概猜到了什么，战战兢兢地进了房间，在里面锁上门，书包也没放下，她身子贴在门后，屏息听着外面的动静。

先是长久的沉默，恐怖的沉默，压得周暌想尖叫的沉默，不知道沉默了多久，父亲猛然吼了一声周暌母亲的名字，吓得周睽在门后都突然一哆嗦。可惜外面仍是没有听到母亲的任何回应。快点说句话呀！周睽在心里拼命祈祷，他要发火了！妈妈，求求你快点说句话！

母亲当然听不见她的祈求，依然没有对外面怒气冲冲的丈夫做出任何回应。周睽知道接下来会发生什么。她听见父亲怒不可遏的吼叫，也听见了清脆的玻璃或者陶瓷之类的东西落地的声音，周睽突然想起她的小兔子陶瓷杯就在外面的桌子上放着，是上个月她的同桌送给她的，天蓝色的陶瓷杯，上面画着白色的小兔子、橙色的大胡萝卜和绿色的青草地，是同桌自己画的，虽然上色有点粗糙，但看上去很可爱。周睽得到那个杯子之后，每天都要用它来喝水。不过她下一秒就没心思想这些了，因为她听见了父亲踹门的轰然响动、母亲撕心裂肺的哭声和含糊不清的咒骂，中间还夹杂着四岁的周铭一充满稚气的尖叫哭喊。

周睽尖叫起来，转身扑向床，然后迅速用被子蒙住自己的脑袋。眼泪瞬间浸湿了一大片被子，被濡湿的被子又紧紧地贴着她的脸，虽然闷热得几乎喘不过气来，她还是紧紧地、死命地用被子捂住自己的头，这样就黑咕隆咚什么也看不到，也可以阻隔一部分外界的声音。她还在尖叫、拼命地尖叫，让大脑里充满了自己的尖叫，变得无法思考——她就是想要这样，让自己的大脑停止思考，只是陷入世界崩塌一般的、没有比这更恐怖的、深不见底的恐惧中，拼命尖叫，在令人眩晕的深渊中不停地坠落。

那当然不是她生命中第一次遇到这种事情。最初，她更小的时候，会跑出去，拼命拉扯父亲或者母亲的衣服哭喊，她不止耳朵会听到哀号和怒骂，眼睛还会看到恐怖到令人窒息的画面。后来她渐渐发现，自己即使再拼命阻拦哀求也无济于事，就只能把自己藏起来，像这样，用被子使劲儿蒙住自己的头，听不到也看不到。其实除此之外，偶尔幸运的时候，她还可以跑到更外面，跑出家门，去拜托邻居阿姨情愿或者不情愿地到她的家里去。不过那要趁父亲不注意的时候，如果被父亲发现的话，不仅出不了家门，还会换来更加可怕的后果。

往下的事情没什么特别好说的，和往常的每一次一样，没什么花样，而且索然无味，她叫到嗓子又干又痛，声音渐渐弱了下去，哭到最后渐渐困倦，就趴在被子上睡着了。醒来的时候，外面已经陷入沉寂，没什么动静了。周暌看了看窗外，天已经黑了。这个晚上的饭肯定是没有人做的，周暌抬起疲惫至极的身子，在抽屉里扒出几袋饼干吃了，吃完之后有点渴，可是要喝热水的话只能去外面，周暌现在还不敢出去，只能再爬上床，让自己快点睡着以忘记口渴。

半夜的时候，周暌醒来去厕所，蹑手蹑脚地开门出去，借着窗外的月光，一眼就看到了地板上的杯子，她的杯子果然已经碎成了无数个大大小小的碎片。上完厕所之后，她又偷偷用扫帚把地上的陶瓷碎片收进一个袋子里——她特意找了一个不会被碎片扎破的袋子，因为她记得老师有次提醒他们，这些垃圾很容易伤到人——然后把袋子扔进垃圾桶，最大的一块碎片被她小心翼翼地收了起来，放进她的抽屉里，那上面还能看到一只小兔子完整的耳朵。

收拾完地板后，周睽不敢开灯，就趁着月光环视了一下家里，看有什么东西倒了，或者没有在该在的位置上。除了一个抱枕从沙发上掉了下来，其他一切都好。周睽小心地把抱枕放回原位，然后用家里普通的透明玻璃杯接了半杯热水，总算是缓解了口渴。她松了一口气，披着斜照进房间的月光心满意足地回房间睡觉，明天醒来，一切还会和原来一样。

可是那一次她失算了，第二天她回到学校，小组长收作业的时候，她才发现自己昨天晚上把作业的事情忘得一干二净。

“怎么回事儿？”小组长知道周睽平常完成作业很认真的，她站在周睽桌前，好奇地问，“你怎么会没有写作业呢？是忘了带作业回家了吗？”

周睽正绞尽脑汁找借口，却突然被一个同学大声打断了：“我知道！”

因为声音很大，几乎整个教室的目光都被吸引到了她身上，周睽下意识地屏息，有种强烈的不祥的预感。

“我表妹就住周睽家隔壁，昨晚周睽爸妈打架了！打得可凶了！”

教室里一片寂静，周睽脑袋“轰”的一声像是有什么炸了，接着她听见到处是窃窃私语，所有人都目光复杂地望着她。小组长同情地不再追问作业的事。

“我忘了写。”周睽无力地嗫嚅着辩解，可惜小组长没有听见，已经走掉了。周睽知道她会和老师解释，用充满同情和隐秘的兴奋的语气，但周睽没有勇气追上她。幸好这时候上课的预备铃响了，老师进了教室。这一上午周暌不知道怎么过完的，上课被老师提问的时候，周暌在全班同学的注视下低着头，一个字也说不出来。下课的时候她也没有出去玩，只是坐在自己的座位上，低头假装对课本产生了兴趣。有个平常的玩伴想要叫她去玩，却被另一个人阻止了，周暌听见那个人充满善意和同情地轻声劝道：“周暌爸妈打架了，现在肯定不好受，我们先不要打扰她。”

周暌头埋得更深了。

很快全班的同学都知道了她父母不和，即使升到五年级之后，她的新同学们在老同学私下里热心的说明下，也没有一个不知道周暌有对会打架打得很凶的父母。后来，周暌每次都是近乎神经质地高质量完成作业，连作业本出现了褶皱，她都会怕第二天被同学猜测是父母不和招致的结果。但尽管如此，她也丝毫不能改变自己的处境，从四年级的那次作业事件之后，虽然九岁的周暌和那些小孩子谁都没有做错什么，但周暌似乎被莫名其妙地剥夺了和同学一起玩耍的机会，一直到小学毕业离开那个地方，她都没有和同龄人一起的快乐的回忆。

还有什么？周暌一个劲儿地盯着稿纸。老师还让写什么？啊，对！你擅长什么？你喜欢做什么？

周暌小学的时候就很会写作文。中学和小学的老师们都非常熟悉。周暌的小学语文老师经常跟周暌的爸爸夸周暌是个多么有灵气的小姑娘，她作文里的文笔是多么令人惊叹。这孩子有天赋呐！到最后，头发花白的语文老师总是会摸着她的头，透过厚厚的镜片俯视着她感叹一句。

还有，上绘画课自由创作的时候，和邻居的小妹妹一起做手工的时候，音乐课上被抽到名字站起来唱歌的时候，周睽经常被夸作是有天赋的孩子。她很小就学会了在表扬面前谦虚地低下头，露出腼腆羞涩的微笑。

“让我看看你的天赋！”爸爸有时候也会在她面前这样说，说的时候总是带着半认真的表情，嘴角习惯性地往下撇，细细地看着她，仿佛真的能从她身上看出什么天赋的存在。有时还会自作主张地下达一些命令，比如说下雪的时候，就带着她去公园玩，回到家之后会让她写一篇公园的雪景。周睽也早就料到这一结果，所以当她在公园的假山前装模作样地驻足，在嵌着鹅卵石的小路上散步，在湖边休息的时候，脑子里就在不断地思考该如何把眼前的景色变成一个又一个足以使爸爸满意的句子。有个邻居家的小女孩，一到做手工的时候，就会跑到周睽家里来找她，这个时候不论周睽在做什么，爸爸都会让她停下来，去帮助那个邻居小妹妹。偶尔小伙伴来找周睽玩的时候，只要一起画画，爸爸就绝对会凑过来，在周睽背后探着身子，去瞅周睽手下的那张画纸。然后一定会对周睽的画提出一些建议：身子比例不协调啊，圣诞树上不该有雪啊，为什么头发要画得垂到地上啊，等等。那些做作的比喻拟人排比和其他修辞，花一个晚上替邻居小妹妹完成的手工，还有和伙伴们一起画的画，为她赢得了爸爸对于她天赋的肯定和得意。

简直就像一个诅咒的烙印一样，周睽想。她小时候就对

“天赋”这个词有一种隐隐约约的恐惧。天赋这种东西真的存在吗？周睽很是怀疑，那些文章、绘画和手工，她做的时候战战兢兢，始终绷着一根神经，不敢有丝毫的怠慢。仿佛一个不注意，她就会做出平淡甚至糟糕的东西，暴露出自己其实并没有天赋的事实。然后爸爸就会用极其失望的眼神——就像是在饭桌上看到周睽把汤弄洒的眼神一样看着她。周睽清楚地记得，在她五年级的寒假，有一天爸爸的一个朋友来拜访，带着他的孩子。途中小孩子不知为什么闹着要恐龙玩具。“去拿你的蜡笔先给他画一个恐龙吧！”爸爸这样对她说道。周睽紧张地拿出画笔，却看着纸踌躇了，她从没有画过恐龙，不知道恐龙该是什么样子的。在爸爸和他朋友期待又好奇的注视下，周睽只得硬着头皮画，涂抹了半天，结果纸上出现了一个四不像。朋友的孩子看到画之后一把撕开，继续哭闹。在朋友善意的劝解下，爸爸铁青着脸瞥了她一眼。周睽捡起地上被撕成两半的纸，低着头回到了房间，把撕掉的画揉成纸团扔进了垃圾桶。

那天接下来的时间周睽都战战兢兢的。晚上，周睽在睡觉前把被撕掉的画从垃圾桶里拣出来，仔细地展开，用胶带拼接好，贴在了书桌前的墙壁上。然后她把画笔塞进了柜子里面，很长一段时间没有拿出来。

父亲、邻居还有老师，都紧紧地盯着她身上的那个周睽本身无法触摸也无法感知的东西——也是周睽怀着恐惧，拼命地维持的东西。妈妈倒是无所谓，在周睽的印象中，每次喊妈妈的时候，她都是扭过头来，一副倦怠的表情。家里的每一件事都让她疲惫不已。她要照顾小店的生意，要照顾总是闯祸的弟弟，要给一家人一天做三顿饭然后洗碗，要打扫房间、清洗衣物。

回忆越来越疲惫，充满了陈年灰尘的气息。周睽切断思绪，胡乱写了一篇草稿，内容几乎和小学时期的作文差不多，我的家里有四口人，爸爸妈妈弟弟还有我，我们是幸福的一家人，我最喜欢的事情是和家人一起旅游……周睽觉得她在像对待小学作文老师那样对待樱井老师，这是最让她难过的。她顾虑重重，写下的文章平庸至极，樱井先生看了之后，给它判个等级，然后很快就会忘掉这篇文章。周睽越想越难过。

即使难过，周睽也很快就写好了，她收拾收拾，下楼去等时樱。

“我在这儿！”

刚走到宿舍一楼大厅，周睽就听见时樱叫她，循着声音望去，周睽稍稍惊讶了一下。角落里站着的时樱让她一瞬间没有认出来。她的视线落在时樱的面孔——确切地说，是那层厚厚的妆容上。时樱像是戴了一张精巧逼真的面具，戴着脂粉面具露出的真诚的笑容，怎么看怎么有点怪怪的。又黑又直的长发披在身后，红色毛呢大衣裹着她修长的身材。在周睽的印象里，红色大衣从来都是喜庆又土气，洋溢着一种浅薄浮夸的热闹感，可时樱穿着红色的大衣，却带着脱俗的气质，足够优雅，又没有疏远冷漠的距离感。没有一丝浑浊的颜色，澄澈的红。时樱五官没有特别惊艳的地方，但组合在一起有一种舒适的和谐，不张扬，就在那里沉默着，一点一点渗透出来的美，不会引起不适，不会刺到旁人，是让你从心底接受并产生好感的美。

“怎么啦？”时樱漂亮的红唇灵活而小心地一上一下地动着，眼睛如潭水般清澈，正看着她。

“啊，刚刚没看见你。”周睽表情僵硬地点点头。

“走吧。”时樱手插在大衣兜里，步伐轻快地从周睽身边走过。周睽看着时樱像商店橱窗里塑料模特一样匀称笔直的背影，突然有点迷茫：“去哪儿？”

时樱扭头看了她一眼：“去……消磨时间啊。”她脸上一瞬间露出了与外形不相称的迟疑，然后立刻被一个笑容盖去：“你不大想去？没关系的。不用勉强你自己。”

“去哪儿？”

“好玩的地方。”

“好玩儿？”

时樱像是藏着诡计的小孩子一样咧嘴一笑：“对。”

行吧。

还是一路的沉默，周睽跟在时樱身后，只能看见她沉默的背影和柔顺的黑发。从路人的角度看，这根本不像两个同行人。她们只是陌生路人的一部分，和无数擦肩而过的陌生人一样。周睽细细感受着两人之间莫名其妙却又令人心安的沉默，任由时樱引领着自己前行、拐弯，在闪烁的红绿灯前停下，在沉默排列的小汽车前踩着斑马线匆匆穿过马路。

和上一次的场景一样，周暌抬头望着灯光炫目的高楼大厦，不禁哑然失笑。

“我说，”她鼓起和陌生人搭话一样的勇气，对着前面的背影笑着说，“你不会要带我去吃拉面吧？”

“不是啦。”时樱加快了脚步，“到了。”

“到了？”

“啊，不是。我是说我的单车。”时樱拐了一个弯，像是一个小区的外面，辉煌炫目的霓虹灯光流到这里减了许多声势。她笔直地走向一辆杂货店门口的单车，然后朝杂货店里面喊了一声。

“大爷，我把我的单车推走啦！”

“哎！”大爷坐在杂货店的柜台里，头也不抬地应了一声。他像是被困在一堆乱七八糟的货物中间。看样子这应该不是第一次大爷和时樱有这样的对话。

时樱推着蓝白的单车走到周暌旁边，露出一个小女孩的轻笑：“我的单车。好看吗？”

“单车有什么好看不好看的？”周暌一边笑，一边打量着单车，很普通嘛。

“我可喜欢这个单车了，我自己赚钱买的呢！”时樱不甘心地笑着提高了音量，“来，坐后面。”

“你要带着我？”

“对啊，吹吹风。”时樱已经坐在单车上了。

周暌不说话了，默默地走到她后面，轻轻一跳，侧身坐上单车后座。时樱没有抓紧单车，车身剧烈摇晃了两下，吓得周暌立刻跳了下来：“你行吗？”

“不知道。不过我前几天还练习了单车载人呢。”

“好吧。”周暌无可奈何地再次坐上去，小心翼翼地。

时樱前倾着身子，使劲一蹬，单车摇摇晃晃地开始前进。周暌吓得一动不敢动，两只手紧紧地揪住时樱的衣服边缘。前进一段路之后，单车渐渐稳定了下来，夜风温柔地拂过脸颊，把她们两人从四下涌动的空气中剥离出来。

“我来过这儿。”等红灯的时候，周暌突然手指着旁边的一个公交站牌。时樱顺着她指的方向望过去，一堆人在那里挤着，翘首等着公交，背后是一个巨大的荧屏，当红的男演员在荧屏上深沉地注视着人来人往的大街，手玩味地挡在嘴前，露出手腕上闪亮的手表，是手表广告。“是‘六一’的时候来的。”

“儿童节？”

“嗯。”周暌有点不好意思地笑了，“虽然我现在也不算什么儿童，但是，我以前没有过过儿童节。”

“你怎么过的？”

“也没做什么。那天是周五，一整天的课。五点四十放学，我饭都没吃就出来了。六一那天刚好上映我想看的新电影嘛，电影散场八点多，天都黑了。”

“在这里坐公交回去的？”

“嗯。但是坐错车了。”

绿灯亮了。时樱猛地一蹬脚踏板，单车顺滑地向前行驶。公交站牌和广告荧屏退出了周睽的视野。

“我是要坐609路公交的。上了车，因为有点困，不小心在座位上睡着了。到终点站的时候，大家都下车了，司机看见车里还有个人，就把我叫醒了，问我去哪儿。我也懵了，跟他说我要回我们学校。司机说我坐错车了，他那辆车不经过我们学校，又让我就坐在车上，他掉头回去，让我在他回去途中的一个站下了车，告诉我在那个站等哪一路公交，就能回学校了。”

“你运气好，不然碰上个脾气暴的，少不了骂你一顿。而且一个女孩子家的，这也太危险了。”

“是个年轻的司机师傅，还一个劲儿地安慰我，让我下次注意着点儿。我到大学公交站的时候，都十点多了。学校旁边你不是不知道，白天行人就少，大晚上的十点多，我下了车，旁边一个人都没有，怕得不行，一路跑回了学校。从那以后，我再也不敢晚上一个人去看电影了。”

时樱笑了：“傻，给别人打电话呀！下次给我打电话，我骑着我的单车去接你！你这太危险了，不能再这样了。”

“下次也不敢了。”周睽无声地笑笑，却想起自己的通讯录里还没有时樱的名字。正在这时，一滴冰凉的雨水突然落了下来，周睽“呀”地叫了一声，抬手摸了下头发，仰脸看看天。

“遭了，下雨了！”时樱奋力蹬着脚踏板，“坐稳，我骑快一点。”单车加快了速度，周睽在后座上一动不敢动，生怕自己被甩掉了。时樱在前面大声说：“怎么办？周睽，我本打算带你去小吃街呢，我打小就爱的那条小吃街，又实惠又美味。你来这里上学一年多，还没去过市中心那条小吃街吧？”

“下次吧。下次就有借口溜出来玩儿了。”周睽也大声地回应，迎面的风把她们俩的声音吹得七零八落的。雨虽然不是很大，却也渐渐湿了一层马路，让行人纷纷避入了街边的商店。

“完了！”时樱突然哀声叫道。

“又怎么了？”

“哎呀，我妆要花了！”说完，时樱自己咯咯笑了起来，“我好不容易化的妆，算啦，躲下雨吧。”两人把单车停在一个车棚下，跑进了旁边的便利店。因为下雨，便利店里滞留的人很多。时樱艰难地挤进去买了两瓶热牛奶，一人一瓶捧着暖手，一边啜着烫嘴的热牛奶，一边透过玻璃橱窗看雨中湿漉漉的繁华街道。过了好久，雨依然没有丝毫减弱的趋势，便利店里的人也是只增不减。货架间都人头攒动，浮着热腾腾的汗气。就算没有看表，周睽也知道时间已经很晚了，但她并不是很想回学校或者着急去哪儿。外面不停地下着雨，偶尔有急着赶回家的人匆匆跑过，多是下班的年轻人，有的把公文包举在头顶挡雨，有的却把公文包抱在怀里低着头跑，有什么急事呢？周睽不知道去哪儿，随便时樱怎么做好了。

牛奶一点一点地啜也终于见了底，雨却是越下越大，她们甚至能看到雨水从招牌广告的屏幕上汩汩流下。小轿车也披着满身的雨水来回穿梭，湿漉漉地反射着路两侧的灯光。周睽头一次发现，雨中的小轿车居然又亮又好看。

两人拿着空瓶子面面相觑。最后时樱犹犹豫豫开了口，说要不送她回学校吧，别一会儿天太晚了。周睽点点头，下了雨也是无可奈何的事，下次有机会再一起出来玩。她们离开便利店，淋雨冲进车棚。时樱推出她的单车，载着周睽。可是驶出车棚没多远，她们就发现雨势似乎比想象中要大，雨滴噼里啪啦地打在脸上手上，有种微麻的痛感。周睽看见时樱的大衣后背很快就湿了一层，明亮的红色渐渐洇成了暗沉的深红。“衣服都湿啦！还是避会儿雨吧！”

可是没法立刻掉头回去，时樱骑到一个十字路口处，在雨中等了一会儿绿灯，急急地转了个弯儿：“直接带你去我那儿吧！反正不远了。这么冷的天，这样下去非感冒不可。”

“随便你好啦！”周睽坐在单车后座大声应道，虽然她不知道时樱口中的地方是哪儿，她也没心情去思考。她的牙齿在打战，头发也湿了一层，不过这种感觉不讨厌，周睽有一种奇特的快感和轻松感。

六

周暌跟着时樱爬楼梯爬到六楼。“电梯坏了还没修。”时樱这样解释道。时樱从大衣兜里掏了半天掏出一串钥匙，对着锁孔捣鼓几下，发现门并没锁。她“咦”了一声，直接推开门。屋子里没有开灯，暗沉沉的，只有窗子那里微弱地亮着——室内比外面的夜晚更暗啊。周暌一瞬间还以为屋子里进了贼。

时樱小心翼翼地抬脚进去，地上有什么翻倒了，发出轻微的哗啦声。周暌眼睛渐渐适应了黑暗，看到地上好像散落着很多不明物体，隐隐显出轮廓。暖气倒很足，身上湿凉的雨气和寒气在一点点消散。

“不好意思啊。”时樱一边抬脚躲避地上的不明物体向前移动，一边轻声抱歉，“可能有人。”

有人？周暌觉得很奇怪，但什么也没问，摸索着跟在时樱后面进去了。有人为什么不开灯呢？

“阿云？你在哪儿呢？”时樱朝着黑咕隆咚的空气问。房间一角响起了一声含糊的应答。周睽被吓了一跳，循着声音仔细看去，果然能看到有人在窗子边的阴影里坐着——大概是盘腿坐着，周睽看不太清。那人的轮廓被阴影覆盖着，一双眼闪着小小的亮光，正看着周睽。

时樱站在房间正中间，对着窗边的那个人，很随意地问：“介意我把灯打开吗？”

又是含糊地“嗯”了一声，周睽不懂这是介意还是不介意，不过时樱已经转身去开灯了。

清脆的“啪”一声，光明瞬间充满了整个房间。这下周睽终于看清，窗户旁边的地板上，盘腿坐着一个面无表情的少年。在少年毫无波澜的视线下，周睽觉得自己和时樱更像两个贸然闯进来的不速之客。

少年的那副面孔，她曾经见过，在运动会那天的新校区，给她创可贴的志愿者。

不过那副神情她没见过，那像是另一个陌生人的神情被强行贴在了记忆中的少年的脸上，那副像一张白纸一样的、几乎可以说是冷淡的神情，和记忆里的那个甚至让她产生了好感的人怎么也对不上号。他穿着棕色的针织毛衣，盘腿坐在地板上，赤着的双脚在宽松的黑色工装裤子下露出来，显得异常苍白。他的头发稍长，看上去又细又黑——像是用被削尖的铅笔一笔一笔细细地画上去的——略显凌乱地分到了两边，露出他的额头和那双黑漆漆的眼睛。他的眼神让周睽想到校园那些老建筑的走廊里游荡的野猫，有人盯着的时候，野猫就会定住姿势，用这种眼神盯着路人。

这副面孔比上一次见面时要让人印象深刻得多。

阿云？刚刚时樱叫他阿云？

奇怪的地方太多，周暌什么反应都没法做出来，而且少年看她的目光完全就是看陌生人的目光，这也正常，天知道那天他们志愿者帮助了多少像周暌这样的倒霉同学。

时樱并没有像周暌以为的那样，会对面前的景象做出一番解释，她开了灯之后就忽视掉了那个人，只是一个劲儿向周暌道歉——周暌能看出来时樱是真的感到非常抱歉——她踢开地板上乱七八糟的东西，让周暌进来。地板上真是什么都有，揉得皱巴巴的纸团，一个红鼻子的小丑玩偶，几摞薄厚不一的书和笔记本。周暌看见有一本厚重的书单独在地板上摊开来，占据了很多空间，上面印着一幅彩色的恐龙照片，像是本恐龙大百科。旁边还有好几本画册，一个纸箱，里面装着不知要做什么用的木板，还有把小锯子。几盒饼干、黏土或者陶泥做的小人、两盒固体水彩颜料、玻璃雪景球等等，周暌也没能一一看完。墙上挂着一张世界地图和一幅用彩色马克笔画的五十音图，还有大大小小的很多幅画，铺了大半的墙，那些画用什么画的都有，水彩、铅笔、马克笔……整个房间视线所及都让她眼花缭乱。

这些事物组合在一起看上去很是荒诞，但更显得荒诞的是时樱对这一景象视若无睹，丝毫不做解释，只是在很担心地问周暌衣服有没有湿，又说要是不嫌弃，就先换身她的干净衣服。被时樱这么一说，周暌这才发觉身上的衣服又潮又凉地贴在皮肤上，很是难受，这样下去真的会生病。她假装像时樱一样忽视掉房间里的另一个人，听时樱的建议，去简单地冲了个热水澡，然后换上时樱给她准备的干燥整洁的衣服。出来之后，周睽发现外面地板上的东西已经被大致收了一下——虽然整体依旧有点凌乱。窗边也没有了那个少年的身影，他像幽灵一样悄无声息地从房间里消失了。

时樱也换了衣服，她代替那个少年盘腿坐在地板上，啜着一罐啤酒。看见周睽出来，立刻喝掉最后一口，用力把易拉罐捏扁，发出很大的声响。她站了起来。

“雨还没停呢。”她望向窗外。

周睽也向窗外望去，雨仍然淅淅沥沥地下着，窗外的霓虹灯光也融在雨水中，在窗玻璃上蜿蜒地流下。“这就是出门不看天气预报的教训啊。”周睽笑笑，气氛变得轻松一点了。她们把换下来的衣服放到暖气片的旁边。在衣服被烘干之前，周睽今天晚上只能住在时樱这里了。

“这是你家？”

“租的地方，我很少住宿舍，平常就住这。”

“我说呢。”

时樱笑了：“怎么了？”

周睽撇撇嘴：“刚刚那个男生是谁？吓我一跳。”

“朋友。”

周睽不明所以地点点头。这时候，身后一阵门响的动静，刚刚那个少年突然又从一个房间里出来了。这时的他不再像是一个幽灵，而是一个活生生的人类。他端着一个冒着腾腾热气的盘子，盘子里的菜色泽诱人、香气扑鼻，让人食欲大动。周睽吃惊地看着他端着盘子走过来，嘴角微微上扬，眼里闪着笑意。“鱼香肉丝，趁热绝对好吃。你是小樱的朋友吧？”

周睽有点慌乱地点点头。说起来，她和时樱到底有多少交往呢？很久很久之前的演讲比赛，国际象棋课，运动会，近代史课的小组作业，电影和拉面，还有，今天这场突如其来的把两人淋湿了的雨。

时樱跑进厨房拿筷子，周睽不知所措地接过少年递过来的盘子，看着他把靠墙搁着的一个小小的圆形塑料矮桌搬到房间中央，然后用软布擦拭了一下，就接过周睽手上的那盘菜放到矮桌上。这时时樱拿着三双筷子过来了，还有一盘木须肉，也冒着热气。她站在阿云身后把筷子递过去，阿云头也不回地接过，摆在盘子的周围。

“坐吧。”

正低头盯着盘子的周睽一抬头，就看见了一双弯弯的、闪着细碎的亮光的眼睛。

“只能坐在地板上了。”阿云说，回头跟时樱对视一眼，笑了。确实，环顾室内，能坐的只有一把搁了一摞硬纸板的椅子和一个红色的单人小沙发。他们三个就围着小圆桌，盘腿坐在铺着一层泡沫垫的地板上。周睽听着窗外的淅沥雨声，看着面前冒着热气的两盘菜，旁边坐着奇妙的少年少女，感到一阵心安。

好像在云朵边的小屋子里一样，周睽想。她小时候读过一个故事，讲一个穷苦的小女孩，晚上只能吃主人一家吃剩的又凉又硬的饭。有天晚上，她在窗边发现了一个长长的望不到尽头的银色梯子，女孩儿沿着梯子爬呀爬呀，爬了很久，爬到了云朵的边缘。云朵边有个小屋，窗户里透着橘黄色温暖的亮光，她走进去，里面有几个快乐的小男孩儿小女孩儿在吃晚饭，那些晚饭都冒着热气，香喷喷的。他们一边吃饭一边亲切地说着话，咯咯地笑。吃完饭还有柔软温暖的被窝。小女孩儿从此就在云朵边的小屋住下了。

周晱叹口气说：“真好吃。老实说，我长这么大，还一道菜都做不出来。”

“你以后来这里，可以教你做菜。”阿云说。然后他顿了顿：“你叫什么名字？”

“周晱！”

“周三的周？”

“嗯。”

“葵花的葵？”

“不是。”周晱用手指在小桌上比画了一遍，“不是草字头，是日字旁的晱。”

“原来如此。”阿云点点头。

“这两道菜都是你做的吗？”

“是啊。”阿云点头，开玩笑似的说道，“坚持做菜，可以提升幸福感。”

“哪有这么容易就能变幸福的事？”周晱笑。

“但是不试试的话，说不定生活就一点一点变惨了。”时樱说。

“这其实是很重要的事。”阿云变得认真起来，直视着周睽的眼睛。

周睽有点奇怪地问：“什么？饭菜让人变得幸福？”

阿云摇摇头，夹起一块肉，在明亮的灯光的照耀下，暗红色的肉汁闪着诱人的光泽。“不仅仅是饭菜的事情。让普通的食材变得美味，对食物对人来说都是好事。你想，如果是胡萝卜，农夫从种下它们那天起，直到收获的日子，要一直照料它们。把这样辛苦得来的食材做得很难吃的话，简直让人生气。如果食材碰上了厨艺一塌糊涂的人，谁都不会幸福的。”

周睽说：“我还从来没想过食材的事。”

“的确，一般都不会想吧。”阿云的语气有点沮丧，怀疑自己似的。

手机突然在远处响了，阿云起身去接，关于食材和幸福的话题戛然而止。他跟手机那头的人“嗯嗯唔唔”说了几句之后，就拿着手机，什么都没有跟她们说，穿上外衣鞋子就开门走了。“厨房里还有煮的银耳莲子汤。”

等他关上门之后，周睽说出了自己困惑：“你们一直在这里住着吗？”

“……”

“当然，我只是随便问问。”周睽低头夹菜，“别人住在哪里，跟谁住在一起。不是我要管的。”

“我把你当朋友对待的。”时樱看着周暌前面的头发，很突兀地说。她说的话很真诚，表情和语气却显得有点漠然：“我跟很多人关系都很好，我是班里的学习委员，在学生会里做副主席，努努力大三就能做主席了，我认识很多人，大家都有各自的事情。我知道你在误会我什么，你可能想，时樱这个人说不定不像我想象的那么地道，她可能和别人一样庸俗、令人讨厌。我见过很多比这奇怪但是不能说的事。比如说，今年文艺部新招的小学妹，19岁的女生打扮得像是吧台小姐。进了学生会不到两个星期，和外联部的一个学长夜不归宿，去了快捷酒店……”

“别说了。”周暌打断她，蹙眉流露出些许厌恶。时樱的话把她从云朵边毫不留情地拽了下来。

“听着，时樱。”周暌声音很低，“我还不怎么认识你，可能只是觉得会聊得来，看着顺眼，或者各种缘分之类的说辞。我也不讨厌被你莫名其妙地带出来玩。不过，这真的……我不喜欢这样，我讨厌闹着玩。”周暌想走了。

时樱放下筷子：“你不是说，希望住在一个即使用成箱成箱的豆浆机堆满整个屋子，也不会有人硬要你有一个解释的地方吗？”

周暌抬头看着时樱，眼神像是隔了很远的距离看一场热气灼灼的大火。

“大一上学期的口语期末考试，各个班的学生打乱了一起考，有个题目是梦想。你搞砸了那次考试，周暌。我是学委，和另外几个班的学委一起坐在下面评分了。”

周睽知道，她说的梦想是，希望以后生活的地方，即使她房间里整齐地摆满了用纸箱装着的豆浆机，也不会有人硬要她一个解释。虽然周睽日语学得不错，但是这句话对她来说确实太难了。她站在教室前面，结结巴巴地对着三米外桌子后面的口语外教说完后，只看到了外教满脸疑惑的神情。周睽慌了，又重新说了几遍，越急越是语法混乱。最后老师好像也没听懂她在说什么，后面的学生们也响起一阵克制性的骚乱。最后成绩当然也是惨不忍睹，要不是她平时成绩够好，期末口语那一科她差点就挂了。

周睽小时候很喜欢喝豆浆，这很好理解，但她也很喜欢豆浆机，这个却算不上什么可以理解的喜好。她自己也说不上来令人信服的理由。她喜欢豆浆机运作时发出的轻微的“呜呜”声，喜欢看豆浆机的刀片飞速旋转，搅拌出完美的豆浆。给它豆子和清水，然后通上电，按下按钮，它就会给你热腾腾的美味豆浆，多神奇啊。幼小的周睽对厨房里的这一机器表现出了极大的兴趣。

但自从父母为了一个豆浆机的型号吵得面红耳赤，妈妈气得整整两天没有吃饭，最后被送到了医院之后，家里再也没有买过豆浆机。后来周睽每次在商场里经过陈列豆浆机的货架，都会忍不住停留一会儿，看着那些豆浆机，它们各式各样，颜色不一，每一个都是那么漂亮、崭新。小小的周睽站在它们面前，总会幻想自己长大以后，可以在货架前，在它们中间挑选一个最满意的豆浆机，带回她自己的、没有父母的家。她每天自己做豆浆喝。她甚至想赚钱买不同型号的豆浆机，每天挑选一个做豆浆。她会过得很幸福，仅仅因为那些豆浆机。

周暌没有笑，她沉默片刻，低声说："用装着豆浆机的纸箱塞得整个屋子都看不到墙壁，但是没有人会一个劲儿地追问我为什么要这样做，没有人硬要我给出一个解释，我梦想住在一个可以这样生活的地方。"

"这里就是，周暌。即使你用装着豆浆机的纸箱一排排摞起来，把墙壁全都遮挡起来，也不会有人抓狂地向你要一个解释。"

"可是……"

"周暌，你知道怎么跟人相处吗？"

"你想说什么？"

"我说过我见过你很多次，前段时间你也跟我聊过很多。有时候你和你宿舍的人一起，有时候你自己一个人。别人会叫上你，但你从来不会叫上别人——你们宿舍的陶雪儿抱怨过，你出门从来不叫上别人。她还抱怨过你老是不说实话。你说你去洗澡，却去了食堂，你说你去食堂，可能就去洗澡了。你去图书馆都是你自己。去图书馆的学生很多，但几乎都是去自习，总是空着手去的我只见过你一个。我知道为什么，你都是跑去看小说。你跟辅导员说你生病了，已经让朋友陪你去了医院，但是你没有，你自己搭公交去了医院。你有天跟老师请了假，说你要休息，可是你却跟我说那天你去了三公里外的商业街，早上出去，下午三点多才回来。你撒了很多谎。我说这么多，你一定觉得有点讨厌，其实你只要有一点点职位——不管是实是虚，然后努力做个让老师和同学都信赖的人，你就能轻易地获取别人难以获取的消息，尽管这些消息不是你该得到的。还有，只要你愿意，你肯定可以了解一个人。一个人的秘密其实没那么难看破，不过大家对别人都没兴趣。说得难听一点，我还有过跟踪。对不起周暌，但我真的不是故意的，求你不要误会我。我只是一在校园里看到你，就忍不住跟上去，我想知道你这种人都在做什么。听到别人说起你，也忍不住多问几句，我很好奇你在别人眼中是什么样子，也会感到奇怪，难道大家都没有意识到周暌这家伙身上不对劲的地方吗？”

周暌感觉外面雨夜的寒意似乎渗透了厚厚的墙壁。

“你没有朋友吗？”时樱的眼神越来越遥远，越来越深。

周暌疑惑地望着时樱——也可能是因为除了疑惑，她不知道还能用什么表情面对这一情形——时樱目光灼灼，嘴角像被迫拉上去一样，呈现出一个意味不明的苦笑。两个盘子里的残汁剩菜凉了，立场和那天她们俩中间搁着的那两碗牛肉面一样，一样的沉默而不知尴尬。

时樱突然站起来，收起了盘子和筷子，神情变得柔和许多：“喝点银耳莲子汤吧。阿云煮的，很好喝。”

“嗯。”周暌也站起来，用软布把桌面擦一下。小矮桌是塑料材质，很轻。周暌几乎毫不费力地就把它搬起来，在把它斜靠在墙角的时候，周暌弯腰看到墙上离地面很近的地方，贴着一幅画，大概就是普通的中性笔画的，简单的黑色线条，却画得极为精细。数不清的房屋以无视重力的方式奇怪地排列着，有的房屋和房屋之间甚至呈九十度交叉在一起。小人在房屋之间跑来跑去，以各种夸张的形体姿势。而真正令周睽吃惊的是，从整体来看，这些密密麻麻的线条居然奇妙地组合成了一个庞大的恐龙的形象，恐龙的大嘴微微张开，庞大笨拙的身躯拼命向前探着，几乎下一秒就要重重地跌倒在地，把身上的房屋和小人震得崩塌散落。还让周睽在意的，是恐龙圆圆的眼睛，那是一个破旧孤独的自行车轮胎，轮胎的下面蓄着液体，液体溢出来，一条细细的水流在扭曲的砖瓦街道的缝隙中蜿蜒向下。

“阿云画的。”时樱的声音在身后响起，“他很会画画。墙上的画有一大半都是他画的。来，捧着暖暖手。”周睽赶忙上前接过时樱端来的银耳莲子汤，用勺子啜了一口：“嗯，好喝。比我喝过的任何一碗银耳莲子汤都好喝。”

然后，她们捧着银耳莲子汤，轻声地谈论着外面的事，在这之前关于房子里的少年呀、学生会呀、豆浆机呀、撒谎呀什么的谈话，像是从未发生过一样。夜渐渐深了，雨势稍有减弱但依然未停。时樱一再温柔地道歉，请周睽先在她这里睡下，明天早上再送周睽回学校。周睽觉得现在自己回去不大可能，让别人送自己又太强人所难，就同意了。时樱好像非常愧疚，对于今晚的一切。

“这不是你的错，”周睽站在时樱为她准备的房间的中央，房间里没有开灯，“没有人能左右天气。而且天气也不知道有的人想出来玩。”

“我很抱歉，”她站在门口，不进也不退，“跟你说了这么多……呃……奇怪的话题。”她笑笑，这不太像是真的抱歉。

周睽也无声地笑了：“这就像是制造泡泡一样。”

“什么？”

“制造泡泡，人与人交谈的时候，像是在一起吹泡泡，吹出很多泡泡，但一会儿就会消失的，所以你不用在意。”

时樱笑了，这下才是真正的开心性质的笑：“你脑子里都是什么呀，周睽？我喜欢这个比喻。”

“我们只是制造泡泡而已。”

“没错。”时樱依旧站在门口，背对着外面的灯光，看不清表情，“只是制造泡泡而已。”她的手搭在门把手上，声音细而轻，让周睽想起某种转瞬即逝的事物，比如，夏日晴空上宛如薄纱的浮云。她欲言又止：“其实……”

周睽等她说下去，但是她掩饰性地转过头去看看外面墙上的表：“都这么晚了，你还是睡觉吧。”

周睽总觉得时樱的“其实”后面有很长很长一段话，说不定时樱现在只是在等自己开口问她“没关系，你想说什么？”但是周睽什么都没有问，她不想问那么多，本来她对别人的事情就不是特别感兴趣，对时樱虽然不是不感兴趣，但她心里还是保持着一点距离，想走近一点又不敢走太近。了解太多不一定是好事。

“你也睡吧。晚安。”

“好，周睽，祝你晚安。”周睽听见她好像笑了笑。

“祝你晚安。”周睽傻乎乎地又说了一遍。

时樱退出去，顺手为她关上门。周睽看着时樱的身影被门遮挡的部分越来越多，最后“咔哒”一声响，门完全嵌合进了门框里。门外响起脚步声，脚步声微弱。疲惫感突然涌上来，周睽坐在没有开灯的房间内，耳边只有雨声淅淅沥沥不知停歇。

那是她最后一次见到时樱，当然她对未来的事还一无所知。如果她知道，又会怎样呢？再次把门打开叫住时樱，继续那个奇怪的谈话？或者干脆最初就拒绝时樱的邀请？或者，她根本不去参加那个倒霉的演讲比赛，既不用因为忘词当众出丑，也不用看到她左耳前面的那个创可贴？或者就算雪鹅打爆她的手机，也不回宿舍，任凭水淹了她们宿舍也绝不回去，那就不会和时樱说第一句话了。

再或者，从更前面开始纠正，从她来到这个城市之前的生活开始纠正，从她来到这个世界的时候开始纠正，从更遥远的历史开始纠正。

然而没有人会知道明天的事情，也没有人有机会根据明天的事情来对过去进行补救。此时的周睽只是任由时樱离开，她坐在黑暗的房间里，一动不动地听着雨声，让滞重的疲惫充斥整个身体。整个房间溢满了稀薄的雨声，仿佛世界就此陷入雨中的缄默。周睽望向窗户，她完全无法想象明天早上从那里透进阳光会是怎样一番景象，明天大概是另一个世界的事了。

七

周暌是第二天早上六点多离开的，阿云送她回学校。周暌早上走出房门就只看见阿云一个人，时樱不知道去了哪里。她也不知道阿云是什么时候回来的，难道是深更半夜？

阿云告诉她时樱有急事走了，不过他已经煮好了紫薯粥。阿云没有具体说时樱干吗去了，周暌也没有再问下去。粥很好喝，周暌在喝紫薯粥的时候甚至又萌生了学做饭的念头，或许美味的食物真的可以让人感到幸福。

下次看见时樱，就把这个念头告诉她。周暌这样想。

阿云没有骑单车，他是陪着周暌搭公交回去的。周末早上六点多的街道冷冷清清，公交站旁散落着几个动作迟缓身影灰暗的老年人，让人想起深秋光秃秃的枝头上沉默的麻雀。公交车里的座位空了很多，因为离学校比较远，他们坐在了后排。周暌很少碰到这种情况，可以在公交车上找个位置坐下。她每次坐公交几乎都要摇摇晃晃地站到目的地。就算有时候会有一两个空位，她也不会坐下，因为下一站说不定又会上来老人家，她又要站起来。如果是这样的话，索性就一直站着好了。而且平日里的公交，总是闹哄哄的，三三两两的中学生啦、哄孩子的家长啦、不停打电话的大妈啦、拿着手机看视频把声音外放出来的男生女生啦，总之一个小小的公交能装下世间的各种声音。

清晨的公交真是安静啊，周睽想。它安静又小心地在路上行驶，时不时地停靠路边，然后再次上路。太阳强烈的光线还没有照进来，天空还是朦胧的鱼肚白色，被雨水冲刷了一晚的整个城市湿漉漉的，在梦的边缘半睡半醒，偶尔的响动更像是梦中的没有完全清醒的呓语。

时樱去哪儿了呢？周睽头倚靠在冰凉坚硬的玻璃窗上，望着瘦瘦高高的路灯一根一根地闪过。

阿云把她送到学校就走了，他说他跟周睽是一个学校，但不是这个校区的，是郊外的那个校区。周睽心想她知道，她在那个校区见过他，他还给了她创可贴。但周睽只是说：“是吗？真巧。谢谢你把送我回来。”阿云说：“没事儿，你是朋友嘛。”周睽不知道他说的是什么意思，是“没事儿，你是时樱的朋友嘛”还是“没事儿，你是我们的朋友嘛”。

应该把阿云和时樱划在一起吗？周睽揉揉太阳穴。“那我先走了。”阿云说，“以后再见。”

“再见。”周睽说。她目送阿云离开，阿云走到临拐角处扭过头，看到周睽还在原地，就朝她挥挥手，周睽也挥挥手。然后阿云的身影消失了。

周暌看着空荡荡的街角，不知道为什么，突然想起自己忘了一本杂志没有还给图书馆。她在心里算了一下，发现今天就到了还书期限。那是本十年前的杂志了，是周暌有一天闲着无聊，在图书馆的犄角旮旯里发现的。

居然有娱乐杂志！周暌在心里惊叹道。在图书馆三楼日语原版书的区域，离门口最远的那排书架，最下层紧密地塞着各种日语原版的古旧杂志报纸。周暌饶有兴趣地蹲下身子翻看了半天，有面向家庭主妇的杂志，有旅游杂志，有讲历史故事的，有教你做料理的，最令人感叹的是新闻杂志和娱乐杂志，那些几年甚至十几年前新鲜出炉的、带着抓挠人心的、按捺不住的兴奋和狂热，曾在某一遥远时期引起了巨大轰动的消息，如今已落满灰尘，乏味且过时，甚至有点讽刺。周暌先是用力扯出一期新闻杂志——这些薄薄的大开本杂志在书架里被塞得针扎不进——居然是二十年前的报刊，报刊的名字很熟悉。周暌很惊讶，这个杂志居然在二十年前就存在了。

她小心地翻开变得脆弱泛黄的纸张，某国的恐怖分子发生了暴乱，一张张触目惊心的废墟照。一些国家领导人召开了会议。非洲儿童永远在饥饿里睁着大得吓人的眼睛看着世界各地的镜头——儿童？这是二十年前的报道了啊。周暌抬头想想，啊！这期杂志在世间发行的时候，我还没出生呢！那这个瘦得皮包骨的黑人孩子，现在岂不是比自己还要大？当然，如果他好好地活到了现在的话。周暌仔细地盯着那张照片，那个小孩子坐在废墟上，靠在一堵几乎完全坍塌的墙的旁边，手指如同枯干的树枝，抓着一张看不出花纹和颜色的毯子，那张破烂不堪的毯子盖在他单薄的身体上，就像盖在瓦砾砖块上一样。他的脸上几乎没有肉，颧骨高耸，嘴唇微微张着，大眼睛一动不动地望着周暌，神情茫然——那些受难的儿童总是有这种神情，仿佛不知身处苦难一般，神情一片空白。

是二十年前的事情了。周暌又想，说不定这个孩子——不，他比自己还要大——这二十年都没有摆脱掉苦难，也可能不到二十年，可能他在拍完那张照片之后，很快就死掉了，炮火也罢、饥饿也罢、疾病也罢，死亡很容易的。

上面密密麻麻的满页都是日文，翻译成中文周暌看得久了也会犯困，外文更不想仔细去看。

周暌合上那本杂志，花了很大力气塞进去，又拽出了一本娱乐杂志——对书本这么粗暴实在不是她的本意，无奈真的太难取出来了——仍旧是日文原版。周暌有点好奇，管理人员是带着什么样的心情，把这些娱乐杂志收进大学图书馆里的呢？明天要不要再来一次，去其他语种的原版书区看看有没有什么娱乐杂志？

封面上的偶像组合，去年就解散了。周暌看着封面心里万分感慨，站在封面中间的那个人，组合解散之后退出了娱乐圈，不知道现在在干什么。十年前是什么新闻？周暌往后翻翻，原来是连开了十场演唱会。占据杂志整页的一张图，那个偶像组合里的四个人一张张青春洋溢的面孔，笑容饱满地越过镜头望向远方，好像注视着永远都可以狂欢下去的岁月。娱乐杂志上面的文字比新闻杂志上面的文字少多了，而且还五颜六色的，排版像一幅热闹夸张的抽象画。

十年都过去了，青春早就不在了。周暌再次合上杂志，但她没有再塞回去，而是连同刚刚找的小说一起抱在怀里，去办了借阅手续。借书处的阿姨很奇怪地看了她一眼，日本娱乐杂志和《卡拉马佐夫兄弟》放在一起，怎么看怎么别扭。

那本杂志果然还在宿舍的书桌上，书架的最里面。借回来之后周暌只翻过一次就放在那儿了，旁边碰巧是去医院的时候买的杂志。如果是独自乘坐半个小时以上的交通工具，周暌大概还有耐心认真地看会儿娱乐杂志，可是最近好像没有独自乘坐那么久的交通工具的机会。周暌回到宿舍楼的时候楼道里还很安静，只是从楼道尽头的水房里传来一两个人的洗漱声，早睡早起不符合大多数年轻人的作息习惯。

阿姚和雪鹅床帘紧闭着，估计还在睡觉。璇哥穿着睡衣，顶着略显蓬乱的长发坐在书桌旁翻看手机，大概是在点外卖。她听到动静转过头来，看到周暌，眼里的睡意瞬间被惊跑了，嘴张了张，最后也只是叫出她的名字。

“周暌？”

“嘘！”周暌食指放在嘴唇前，露出小小的笑容，像是做了恶作剧之后的孩子和同伴打招呼。

“你昨晚没回来啊。”璇哥嘴巴张得很大，声音很小。

“阿姨查了吗？”周暌换了拖鞋，蹑手蹑脚地走进去。璇哥摇摇头。这时候雪鹅的声音突然从身后响起：“小暌？”周暌扭头，看见雪鹅的头从床帘下探出来。

“很好，”雪鹅咧着嘴点头，“很好，小暌你长大了。”

“你居然夜不归宿！”阿姚的声音也冒了出来，不过能听出来，阿姚说周暌夜不归宿和说雪鹅夜不归宿时用的不是一种语气。

“你去哪儿了？”雪鹅迅速翻身爬下了床，坐在自己书桌的桌面上，跷着二郎腿。

“朋友家。”

“到底什么朋友？”阿姚也慢吞吞地下了床——她很讨厌上床下桌，轻易不上床，也轻易不下床。

周暌从自己抽屉里摸出一袋牛奶，咬破一个口：“长翅膀的朋友，她说明天她就要从地球飞走了，所以昨天晚上我去送她。”

“王子？”雪鹅有些神经质地哈哈大笑。

“可能。”周暌没有纠正雪鹅的误解。她看着雪鹅笑，倒是想起了阿云，出现在雪鹅手机照片里联欢会上的阿云，在新校区碰到的给她创可贴的志愿者阿云。不过周暌还没打算把这件事说出来。

“真的是朋友？”阿姚问。

“真的是朋友。”周暌一口气喝掉了一袋牛奶，把瘪掉的牛奶袋扔进垃圾桶，长出一口气，补充道，“长翅膀的朋友，而且会隐形，刚刚我们分开之后，她就飞走了。”

“切！”阿姚给这段谈话堵上一个句号，就拿着牙刷、漱口杯去洗漱了。周睽从自己书桌上取下那本日语杂志，走了没几步又折返回去，把自己在医院旁边买的杂志也取下来。

“送给你，雪鹅。”

“什么？杂志？我的妈呀，周睽你是哪个年代的宝藏，还看杂志？”雪鹅一边用梳子用力扯着乱糟糟的头发一边斜着眼瞄着那本杂志。

“这个月的杂志，给你，打发时间。”

“我偶像最近刚拍了新戏，我看看有没有报道。”雪鹅丢下梳子拿过杂志，“如果没有我就把它丢进垃圾桶。”

“丢哪个垃圾桶随你便。”周睽很快地换了鞋走了。把杂志还回图书馆之后，周睽站在图书馆门口突然不知道去哪儿。地面还很潮湿，平常看起来平整无瑕的地面，一到雨天就会暴露出很多平缓的凹坑，积着薄薄的一层水，倒映着树影车影人影，还有高远的天空——一切事物在水里的倒影都像是褪色了一样。

去哪里打发时间呢？周睽看着面前水洼中图书馆大门的倒影，她现在不想折返回去躲在里面看书。回宿舍没什么要做的，要洗的衣服晚上再洗也可以。逸夫楼？算了，要是自习的话还要回宿舍拿书。她又在时樱那里吃了早饭，去食堂更不想去。昨天刚去水果店买了一兜橘子和香蕉，生活用品至少两周不用买，地下超市也没有必要去。周睽也不觉得电影院今天会放什么有趣的电影。

周睽伸了个懒腰，朝图书馆前的小花园信步走去。一个身材高大的男生站在花丛后面，左手举着几张稿纸，右手像乐队指挥一样高高扬起，随着朗诵的声调而感情充沛地晃动着。他叽里呱啦不知道在说什么，大概是西班牙语，周睽也不懂，她不过是脑海中浮现了西班牙语这个猜测。男生全神贯注旁若无人的样子吸引了周睽。这种事情我是无论如何也做不出来的啊，周睽想，在花园里大声朗读固然是好事，不过事情不会就这样被简单地评判的。周睽想，假设这个男生是为了他的考试，或是什么比赛，每天清早来到花园里这样热情洋溢地朗读，可是最后——这种事情经常发生——他考试根本没有及格或者比赛出现了重大失误，那就糟了。他的同学会拍着他的肩膀，对他说："没关系，你已经很努力了，你已经收获了很多。"但是背地里会想："这件事看上去好傻啊。幸好我没有每天跑去花园用功，最后还惨不忍睹。"

周睽越想越气，好像这件事情已经发生了一样，好像她亲眼看到了男生一脸失意落魄地走来。不过当她回过神来，已经快要走出了小花园。她回头望了一眼，那个男生对刚刚路过的女生神经质般的胡思乱想毫不知情，仍怀着热情朗诵手中的稿子。

不过结果也可能恰恰相反，周睽想着，并没有停下脚步，说不定他会有个不错的结果。你总不能用以后的事衡量现在的事吧，那对现在的自己也太不公平了。

过了小花园一拐弯，是职工宿舍，过了职工宿舍是学校的一个小博物馆，很多年前一个外国学者建的。听说里面保存了很多化石，大一刚入学的时候一个同学神神秘秘地趴在她耳边这样说，然后问她要不要去看看。周睽当时连那个同学的名字都还不清楚。“好啊，”她说，咧嘴微笑，“有空一起去看看。”

当一个人跟你说“我们可以去……”的时候，周睽知道别人极有可能只是说说而已。不过周睽也知道，说“有空再去……”的时候，鬼知道什么时候才会有空。她在大学已经待了一年多，从来没有去过学校角落里那个据说有很多化石的博物馆。

一座朴素古旧的小楼，入口也很小，是一扇紧闭的普通的防盗门，不过外面有一道不锈钢栏杆，上面挂着一个黄底黑字的警示牌：禁止入内。除去不锈钢栏杆，从外面看，和学校附近那些百年的小洋楼没什么区别。周睽在博物馆附近停下脚步，仰头细细地看着这栋楼，猜测着里面的情景。玻璃柜上了锁，厚重的窗帘掩着，大厅上方或许会有灯光，但一定是昏暗的。昏黄的光和暗影交融在一起，在玻璃柜之间缓慢地流动，化石就沉默地伫立在玻璃柜里，在长久的岁月里失去了生命，保持着被人摆放的姿势，不能动弹，和它们一样苍老的只有空气里亘古不变的，幽灵般的浮尘。它们被外面“禁止入内”的警示牌保护着，隔绝了外部的世界。

不过是想象罢了。周睽活动一下仰得发酸的脖子，再次向前迈出步子。周睽平常出学校几乎不走这条路。虽然博物馆就在小花园往东一点，但周睽从新生入学参观校园之后，几乎再也没来过这里。绕了一大圈，从图书馆出来，小花园、职工宿舍、博物馆、学校培训中心、学校翻译中心、咖啡馆、学生创业研讨基地，还有一些掩映在树丛里的、周暌也不知道是什么用途的小楼，然后是喷泉，绕过喷泉，就从南门离开了学校。

周暌走到了广场，“星期天出来玩呀？”一个提着鸟笼的老大爷向她搭话，“这么早？”

“是啊。”周暌露出爽朗的笑容。九点多一点，广场很多还在晨练的大爷大妈，年轻人也有一些。他们是晨练还没走还是吃了早饭又回来了呢？周暌有点好奇，但也只是一瞬间，这个疑惑就从脑子里消失了。她沿着广场外围走了两圈，就在草坪前的长椅上坐下了。广场的地面大多是干燥的，积水也差不多蒸发殆尽了，阳光暖融融地洒下来。周暌坐在长椅上，眯起眼睛望着广场上远远近近的人影，像是大家都漂浮在阳光里一样，安详又可爱。好舒服啊，周暌不知道晒太阳居然是这么舒服的事情。小时候她有鼻炎，一晒太阳就容易太阳穴疼，所以很讨厌晒太阳。

我居然拒绝了这么好的东西，周暌感慨，阳光真是好东西。

整整两周过去，周暌没再见过时樱。她自己都觉得惊讶了，认识这么些时间，居然还没有保存时樱的联系方式。周一的晚上，周暌终于忍不住问雪鹅：“你见到三班的时樱了吗？”

“怎么问我？”

“你不是认识很多人吗？而且你们都是学院里活跃的社交型人物，我以为你知道呢。”

雪鹅撇撇嘴，不过能看出来她对周睽的解释很受用：“你们真成朋友啦？”

周睽还是问：“你见过她吗？”

“你这么一问，我最近还真没见过她呢。”雪鹅努力回想，“我们每天早上都要去办公室交各班的出勤表，那个时候经常能碰到她。最近三班换了个人交出勤表，真的没碰到过她。我还以为他们班学委换人了呢，前段时间时樱不是……”雪鹅突然停下，周睽知道她没说出来的是什么。前段时间时樱不是受处分了吗？

周睽识趣地没有再问下去，雪鹅也识趣地没有再说下去。第二天周睽特意去查了一下三班的课表，然后在下午第一节课上课之前去了三班的教室，装作有事的样子，在教室门口拦下了一个看上去脾气很好的女生。

“不好意思，”周睽看上去像有急事一样，“可以麻烦你帮我叫一下你们班的时樱吗？我找她有急事。谢谢。”

女生露出奇怪的表情：“时樱？她早就走了呀。”

“啊？”周睽一时没明白她说的意思，“走了？”

“走了有两个星期吧？”女生看向她身旁另一个戴眼镜的女生，戴眼镜的女生点点头，肯定道：“刚好两个星期。”

“她去哪儿了？”

“我打过她的手机，一直是关机，发消息也不回。老师说她不来了，我们就没再跟她联系过了。应该是休学了吧？我也不知道。”

周睽表情僵了，不知道该说什么好，两个女生彼此对视一眼，就进了教室。周睽无奈地离开，慢慢消化女生的话。走了有两个星期？什么意思？“走”是去了哪里？两个星期？她去参加什么活动要这么久？还是说，她不是参加活动，就是走了。刚好两个星期，周睽在心里算了一下，上次见她就是两周前的周五晚上，下雨了，她去了时樱那里。第二天是周六，周睽早上起来只见了阿云——不过时樱的同学肯定不知道这些——意思是，从那个周五之后时樱没有回过学校！

周睽捋清时间之后，感觉像一记闷拳打在了被棉花裹住的大脑上，上课的时候心不在焉，老师让记笔记的时候还坐在那里丝毫没有动弹，她可是坐在第一排，老师的眼皮子底下。阿姚用笔戳了一下她的胳膊，周睽才反应过来，拿起笔就闷头抄笔记。老师提问她的时候，周睽站起来，把简单的问题都回答得七零八碎，幸好老师没有说什么。周睽坐下之后，趁着老师转到教室另一头，阿姚在身后压低了声音问周睽：“你发烧了？”

“没有。”周睽说。

下课之后，周睽立刻叫住了雪鹅：“雪鹅！”

“干吗？”

周睽走到雪鹅桌前：“你知道那个拿着矿泉水瓶子的男生吗？”

雪鹅一时愣住了。周暌又说：“就是你手机里面那张照片，上次你带着阿姚去的那次联谊会上的照片。那个男生，拿着矿泉水瓶子。”

“哦，你说那张照片啊。”雪鹅恍然大悟。

“嗯。”周暌此刻突然意识到周围同学的目光好奇地聚集了过来，就停下追问，“先不说了。”说着就回去把书收拾一下，急着回宿舍了。

“你还有那张照片吗？”雪鹅一进宿舍，迎面就被周暌逼问。

“什么情况？”雪鹅饶有兴趣地问。

“算我求你。”周暌赔着笑脸，“下次我跟你们一起去学校外面吃鱼，保证不找借口。你就告诉我吧，我知道你肯定有他的联系方式，你人最好了。”

“告诉你也行。”雪鹅露出得意的笑容，“不过等明天再告诉你。这是对你什么都不告诉我们的惩罚。”

“太过分了！”

“你还没说你为什么要人家的联系方式呢！说，是不是看上人家了？没想到啊，平常装得对异性最没兴趣，原来是没有入眼的啊，现在有了入眼的，小暌居然就这么主动了。啧啧啧，真是人不可貌相。”雪鹅一边嬉笑一边推着周暌玩儿。周暌被推弄得身子一晃一晃的，仍央求道：“行了，算我求你了，现在就告诉我吧。”

“哟！一晚上就等不及了？”

“快点告诉我！”

“告诉她告诉她！”璇哥也来凑热闹，并扯了扯阿姚，阿姚粗暴地甩开璇哥的手：“你们别烦我。”

“行吧行吧。”雪鹅在手机屏上划拉了几下，拿着手机给周睽看，“是这个人吧？”

是那张照片，急促之下抓拍的，拍糊了很多地方。周睽没有意识到自己轻轻地屏住了呼吸，她的视线落在照片上坐在一旁的少年，这是她第二次看这张照片，此时她站在一个奇怪的立场，像是经历了一次世界末日的大逃亡之后回到了最初熟悉的废墟。只有看不清表情的侧脸，他对镜头一无所知，正全神贯注地拧一个矿泉水瓶的瓶盖。即使是在照片上，也能感觉那一瞬间，他周围的空气是安静的。没错，那就是阿云，出现在时樱身边的阿云。

是的。周睽呼吸恢复了正常。

雪鹅问：“是吗？”

“是。”

她们安静下来，雪鹅正在找阿云的联系方式，用周睽一无所知的途径。周睽有一瞬间在羡慕雪鹅广阔的人脉关系。

“找到了！”雪鹅突然叫道。周睽、璇哥、阿姚，瞬间都把头凑了过来。“给我给我。”周睽催着。雪鹅对着手机念出了一个电话号码，周睽把它记在一张蓝色的便签上，然后就坐在自己的书桌前。雪鹅不满了：“什么嘛！我还以为你现在要打电话呢！”

“哎呀，没意思。”璇哥和阿姚也埋怨起来，各自散开了。

“抱歉。”周睽对着看热闹未成而有些失落的室友说道。

她不是故意的，她只是不知道为什么突然有些退缩。她捏着薄薄的蓝色便笺纸，好像要在三对视线面前打开一个秘密，打开时樱两周前带她去的地方的入口，要将满墙的绘画和奇怪的装饰以及一片狼藉的地板暴露在她们面前。

这太可怕了，周睽想，她捏着便笺纸的手甚至有些颤抖，我不能让这种恐怖的事情发生。

不过周睽在写作业的时候内心一直在挣扎，忍到作业写完，她装作无事的样子，把那张便笺纸丢进帆布包里，又装了几本书，声称要去图书馆，然后她就溜到了图书馆前的小花园。

周睽的手在包里摸索了半天都没有摸到便笺纸，她出来的时候太紧张了，居然忘了把便笺纸收进帆布包里的夹层，或者装进衣服口袋里也好啊。不会丢了吧？周睽焦躁地把包里的书全都掏出来，放到小花园的长椅上，然后在一本书的书页里看到了露出一角的蓝色便笺纸。

周睽长出了一口气，小心地把便笺纸抽出来。另一只手拿出手机，在夜色里格外明亮的手机屏上一个一个地按下了数字，然后拨出。周睽再次屏住了呼吸。

“喂？”有点含糊的声音从手机里传了出来。周睽紧紧地握着手机：“喂。”

“您是……”

“我是周睽。”

“啊，你是周睽啊。”

她注视着面前昏黄的灯光点缀的小花园，听见了阿云的声音，那声音简直和暮色一样柔软。

“是，我是周睽。”周睽笑着点点头，尽管阿云看不见她点头，也看不见她微笑。

“你好啊，周睽。你有事吗？”

“是这样的，”周睽下定决心，“我今天突然有点事想找时樱，结果发现自己没有她的联系方式。我去找她的同学，发现她同学也联系不上她，所以就找来了你的手机号……”

手机突然陷入令人不安的沉默，似乎手机那端的人消失了一样。周睽正要“喂？”的时候，阿云的声音终于回来了。

“时樱？”这两个字在阿云口中很生硬，他像是在重复周睽口中一个陌生人的名字。

“是。”周睽回答得小心翼翼，生怕阿云真的消失了。

“周睽。”阿云宽容地笑笑，语气像是在跟一个不小心闯错门的小孩说话。

“嗯。”

“时樱不在。”

“那她什么时候回来？”

“她不回来啦，周睽。她已经不在了。”

周睽僵住了。阿云的声音从很远很远的地方飘来：“她自杀了，是从楼上跳下去的，不是在学校，学校又做了保密工作，所以连同学都不知道。”

阿云停顿了片刻，然后一个人孤零零地站在这场两人对话中说个不停。有巨大的轰鸣声闯入这场对话做背景音，是某种机器般冷酷的轰鸣，俯视一切裹挟一切的庞然大物，不断地输送噪音喧嚣，把阿云的话语搅得七零八落。周暌想在这巨大的背景音里抓出凌乱的词语，一系列可能的后遗症、网络、被利用、捕风捉影、没有责任、不必要的麻烦、保密工作……这些无法拼凑在一起，连不成句子，更不要奢望还原出一件事的完整面貌。

阿云的语气像是在安慰周暌，又像是替时樱向周暌道歉，并主张谁都不必为此投入过多的情绪。但周暌知道不是这样，她想彻头彻尾地反驳阿云，甚至想把时樱揪出来毫不留情地反驳她，可她还没有找出逻辑缜密的话，就算找出来，也晚了。

周暌终于艰难地发出了声音，那声音听上去很陌生，像来自一个无关的陌生人：“为什么？”

阿云又沉默了片刻，然后语气柔和地说：“活着的人没法理解一个人死之前在想些什么。我什么都不知道。”

停顿了一下，没有等周暌再说什么，阿云就挂掉了电话，周暌被黑暗中的手机屏幕的光照得目眩。她木然地向四周望去，涂抹了厚厚一层暮色的建筑，里面的光被窗户切割成四四方方的形状。光秃秃的树干在深蓝色的背景上映出黑色的轮廓，像一幅沉闷而奇特的画作。到处都有三三两两的人影在晃动，宛如幽灵一般，在暮色中浮现又远去，不知道要干什么。

人语车声在半空中浮着，如同海浪一样远远近近此起彼伏，又像是泡泡一样不断地涌出、破裂、涌出、破裂。周睽又想起那天她从三楼朝下看，听到时樱和蓝口罩的笑语，可惜她无法抓住那些声音的意义，她永远不知道别人在说些什么，永远不知道别人在想些什么，她谁都不懂。她以为时樱是她的朋友，时樱知道她在说什么，她本来以为自己也知道时樱在说什么，她本来以为她们可以一起制造漂亮的泡泡。可惜时樱已经消失了。面前已经是另一个世界的景象，时樱属于海面上浪花泛起的泡沫的世界。

周睽摇摇晃晃地起身，胡乱抓起坚硬冰凉的书本和软塌塌的帆布包，忍受着对面前世界的强烈的不适感，找到了回宿舍的方向，总算迈出了步子。

周睽脚踩棉花一般，梦游似的推开宿舍门——只有璇哥很快地瞥了她一眼——把包丢在椅子上，爬上床，拉上床帘，躺下，盖上柔软的被子，深呼吸。可惜这次，她刚躺下就突然意识到，自己永远都只有一个办法，就是一动不动地待在某处。走廊尽头有人打电话，完全听不懂的陌生方言，阳台外的远处，城市灯火斑斓，人流如织，毫无睡意。在你眨眼叹息的瞬间，某处火山爆发，滚烫的岩浆喷涌而出，遮天蔽日。某处炸弹落地，房屋轰然倒塌，废墟漠然。有人死了，有人出生，有人哀哀地哭，有人咧着嘴笑。周睽一动不动，让世界静静地在别处翻天覆地。

八

第二天早上，周暌像往常一样，刚醒来的时候大脑还是空白的，她穿鞋子的时候才猛然想起昨晚的事情，不过这次她没有再窝起来不动弹，上午的两节大课还在等着，她穿好衣服鞋子就去洗漱，像往常一样，一丝不苟，速度丝毫没有慢下来。

周暌老老实实上完课，最后一节课铃声刚响，她就立刻收拾好书离开了。她只记得阿云是坐568路公交车带她从住处回学校的。她查了一下568路的路线，然后在校门口对面的公交站坐上了反向的公交。周暌其实不太记得时樱住处附近是哪个站，她只记得大概就是某几个站的其中一个，还记得她是坐了三十分钟左右。

上大学之后在外面迷过两次路的周暌，带着不知道哪儿来的勇气上了公交。中午晃晃悠悠的公交上，人很容易犯困。周暌拉着拉环，站在那儿，胳膊都酸了，还是一刻都不敢松懈地望着车窗外的马路对面，生怕错过了阿云带她坐公交的那个站。

大概过了二十多分钟快半个小时，周暌正紧张地望着车窗外，突然，路边一个身影闯入了她的视野。周暌差点叫出声来，阿云！不可能认错，那绝对就是阿云！幸好下一站就在前面不远处，周暌挤到后车门处，等后车门一开就飞快地跑下去。阿云正走着，突然看到迎面向他飞奔而来的周暌，一时愣在了原地。

“阿、阿云。”周暌气喘吁吁地站在他面前，弯下腰双手撑在膝盖上，她抬起脸，面前的人裹着宽松单薄的深灰色外衣，上面缀着两个松松垮垮的大口袋，穿着同样宽松的黑裤子，一手提一个鼓囊囊的塑料袋，额前过长的头发被拨到一旁，眼神茫然。

周暌还喘着，她直起身子，蹙眉看着阿云，行色匆匆的路人不断从身旁略过，他始终疑惑地看着她，一句话都没说，嘴唇甚至都没有动。

周暌说：“我是来找你的。”

阿云迟疑了一下，意味不明地点点头。

周暌铁了心不会放他走：“你要去哪儿？”

“回去。”

“回家？”

阿云没有说话，他看上去不是很想说话，但周暌打定了主意，不会这样就回去的：“回上次我见到你的那个地方吗？”

他点头。

“我能跟着吗？”

阿云眼神越过周暌的肩膀飘向前方，似乎想快点离开：

“算了吧。”

“我的围巾忘在那了，要不你有空的时候帮我送到学校也行。”

阿云不相信这个借口，上上下下地打量她，最后妥协了：“随便你。”说着，他自顾自地绕过周暌，向前走去。周暌也不说话，坚定地追着阿云深灰色的背影。阿云在前面走得很快，根本不管后面跟着的人，周暌也赌气地不叫他，自己三步一小跑地跟着，紧紧盯着晃动的人群中的深灰色背影。往前走了一段，在斑马线前停下等了会儿绿灯，拐弯，走进一个稍窄的街道，街边店面规模都小了很多，生活气息浓了很多，卖煎饼果子、大饼、茶叶蛋、冰糖葫芦的小车三三两两地停在街边，油烟四处飘散。年轻的父母领着中午放学的小孩儿，在路边一边说话一边走，穿校服的情侣走得慢悠悠。穿过这条路视野瞬间又变得开阔，银行、酒店对立着，它们面前是排列有序、一尘不染的轿车。再往前走是广场，今天是工作日，又是大中午，就显得有点空旷。周暌跟在阿云后面从广场中央穿过。离开广场之后七拐八拐的，越往前走，建筑物越矮小，也越有往路上挤的趋势。终于走到一个狭窄的街道口，周暌看到了路牌——黎明街区。

路面越来越狭窄，像是胡乱拼凑的积木一样的楼房参差不齐，路旁每隔一段就有一个绿色的大塑料垃圾桶。每个垃圾桶里的垃圾都满溢出来，内容大同小异，鼓囊囊的黑色塑料袋、废弃的电饭煲碗碟碎片、脏兮兮的磨损严重的公文包、没有鞋带甚至鞋底都快要完全掉下来的破皮鞋、永远剩着些的饮料瓶、奶茶杯、一次性餐盒，还有主妇直接倒出来的残羹剩菜，汁水在垃圾桶旁淌了浑浊的一小片，令人直犯恶心。阳台上晾着色彩繁多、各式各样的衣服，给灰蒙蒙的建筑增添了些许颜色。

两旁的小店铺被压得几乎要贴到了地面上，店铺像一个个阴沉的洞口，你一走进去，就会看见商品堆积在落满灰尘的货架上。空气中有久不见天日的地下室的陈旧气息，即使是白天里面也昏暗得要开着灯，店的主人坐在柜台后面打游戏或者看肥皂剧，一条毯子搭在腿上，听见有人进去的动静，也只是抬起无神的眼睛看你一下，像看空气一样，然后又埋头回到游戏世界或者冗长的电视剧情节中，丝毫没有招呼客人的意思。事实上你很少能看见有客人来买东西，你很可能会在心里对他们产生疑惑，他们真的是开店挣钱生活的吗？

由于街道狭窄，这里很少有轿车通行，更多的是骑单车或者步行的人，偶尔有对这一带不熟悉的新手司机误闯入这里，光是躲避行人和单车，还有偶尔从店铺里延伸到路上的招牌、水果筐、小孩子的脚踏车、水桶、拖把、扫帚什么的，就足够让司机头疼的了。周暌单是走在这里就感到压抑不堪，时樱带她来的时候走的是这条路吗？前面脚步不停的阿云似乎对她的心思一清二楚，沉默了一路的他突然问了句：“她带你来的时候没有走这条路吧？”

“嗯？”

“她应该是从北边那条路绕过来的，”阿云笨拙地抬起胳膊，拎着塑料袋的手朝北边一指，语气似乎有点讽刺，“另一条路，在那边，比这条路远一点儿。这两条路很不一样。”

“哦，这样啊。”周暎看着他因为拎着袋子而显得动作费劲的胳膊，小心翼翼地说，“我帮你拎个袋子吧。”

阿云语气生硬：“不用。”

“哦。”不用拉倒，周暎心想。她对阿云的态度略有不满。

又往前走了不远，在一个被油烟熏黑的立地招牌旁边，拐进一个视野稍明亮些的过道，周暎这才明白阿云说的那条路，就是从这条过道的对面过来的，过道的对面连接着另一条街道，看上去远比这边的宽敞干净。竟然有这种街道设计！周暎不由得心情复杂地惊叹，身前和身后简直是明亮和昏暗的两个世界。

“从这边楼梯上去。”阿云提醒她，“小心脚下，这边楼梯很陡的，楼道里光线也不好。”果然像他说的那样，即使是大中午，楼道里也异常昏暗，周暎从阳光下走进昏暗的楼道一时间眼睛无法适应，甚至看不清脚下的路。

周暎使劲儿拍了拍手，一盏暗黄色的声控灯亮了，虽然不是那么清楚，但也足够看清楼梯不至于踩空。

“啊，我想起来了。”周暎突然说，“上次时樱是用手机上的灯照路的。”说着她也掏出了手机，打开明亮的白晃晃的灯光，将两人脚下的楼梯照得一清二楚，嘴角不由自主地上扬了，“看，就这样。”

阿云回头看了她一眼，没有说话又继续爬楼梯，周暌撇撇嘴，继续跟着。到了门前，阿云正打算把袋子放到地上的一瞬间，周暌赶紧接了过去。他也没说什么，摸出钥匙开了门，走了进去，周暌正要跟在后面抬脚进去，没想到阿云抬手做了个阻挡的手势，把她挡在了外面。

“你的围巾在哪儿？我去给你拿。”

周暌愣了一下，阿云看着她，眼神里都是不打算让她进去的坚定，又重复了一句：“我去给你拿。”

周暌越过阿云朝屋子里望去，墙上的画都摘了，地上依旧混乱——这次是真的混乱，上次是因为东西多而杂乱，这次是那种一看就是久未打扫，令人无法忍受的混乱。那张小桌子在地上搁着，上面有一个打开的桶装方便面，旁边还有不知道是什么的食品塑料袋。

周暌突然感到一种说不上来的恼羞成怒，像是辛辛苦苦走那么远的路，结果被耍了一样。积累到一定程度的委屈，看到房间内场景的瞬间，突然转化成了难以抑制的愤怒——不知是对阿云态度的愤怒还是对自己愚蠢行为的愤怒。周暌看着阿云，越看越觉得怒火中烧，冲动之下她一松手，两个塑料袋落到地面上发出了两声闷响。周暌连围巾什么的也不管了，一句话也不说，转身就走。

周暌下了楼，没有走原来那条沉闷逼仄的路，而是走向过道的另一端，朝那栋楼的北边走去，就是第一次时樱带她来的时候的那条明亮宽敞的街道。她找到了公交站，没等多久就坐上了回学校的568路公交，完全没有错过下午第一节选修课。

周暌冷静下来之后，开始后悔自己过于冲动的举动。愚蠢！冲动！愚蠢又冲动！她在心里狠狠地骂自己。

这种感觉太熟悉了，仿佛有个黑色小人跳出来，拉扯着她的双脚，要把她从云朵边缘拽回森林深处不见天日的沼泽。周暌再次陷入了被浓雾包围、寸步难行、不辨方向的境地。虽然面不改色，她心里已经惊恐万分，身后的沼泽不断冒出黑色的烟雾，那是它恶臭弥漫开来的躯干，周暌知道那里面有什么，在过去的光阴里，她不止一次深陷其中。周围的人在阳光下生活，日复一日地谈论琐事、欢笑、落泪。她在森林深处，陷在沼泽里动弹不得。

又是这种被抛弃的感觉。

“少给我找点麻烦吧！”初三毕业的暑假，母亲曾厌恶地把视线从她身上移开，留给她一个没有耐心且异常疲惫的背影，随口说出的话对周暌极具杀伤力，“你以为你能耐大了？都马上高中生了，少点小孩子的任性行不行？让我多活两年行不行？非要逼死我才甘心吗？”

周暌因为震惊而站在原地说不出话来。小学毕业之后，周暌去了一个离家比较远的中学，这样就没有同学知道她父母不和，她也可以住在学校里，每两个星期有两天的假期，平常可以不用回家。一方面，她在学校可以和同学们正常地交往；另一方面，因为两周才能回一次家，每次回家的时候，父母大多会用温和积极的态度迎接她，几乎不会有很厉害的争吵。对于刚进入初中的周睽来说，那段时光无疑是快乐的，但是对于后来不止一次回想起那段时光的周睽来说，她总觉得那时的快乐潜藏着一种不真实感，似乎是如履薄冰的、必须精心维护的、搭在摇摇晃晃的木架上随时都有坠落危险的快乐。

到初三临近毕业的时候，即使是两周才能回去一次的周睽，也渐渐感受到了家里的气氛越来越紧张。中考的时候父母忙，周睽就和同学一起去了考场，考了两天，第二天回家的时候，周睽立刻意识到家里有点不对劲儿。本应该在鞋柜里摆好的鞋，都散落在鞋柜外面，东倒西歪的像是被人踢散了一样，最远的一只鞋甚至在厨房的门口。一把椅子正对着门歪在地上，没有人扶起。一个一次性纸杯也歪在桌子上，水流到了桌子边缘，桌子下面一摊水。

家里很安静，父母肯定都没在家。周睽把门边的鞋挪开，小心翼翼地走进家门。她看见弟弟周铭一房间的门紧闭着，就去敲了敲周铭一的门，九岁的周铭一门上总是每隔一段时间就换一张不同的海报，基本是游戏里的英雄或者怪兽的形象，反正周睽一个都不认识。

“姐？”周铭一吃惊地叫道，但周睽看出他松了一口气。

“你哭了？”周睽看着他红红的眼睛。

“爸妈打起来了。”这算是回答了她的问题。

“嗯。”周睽只是含糊应了一声，就转身去把椅子扶起，放回原来的地方，然后弯腰捡起散落的鞋子。周铭一从房间里出来，跟在她后面："今天小姨刚好也来了。"他说的是妈妈的妹妹。

"那小姨人现在在哪儿呢？"

"跟妈妈一起出去了，不知道去哪儿。爸爸去学校了，他还要上晚自习，刚走。"周铭一说话带着颤抖的哭腔，听上去也怪可怜的。周睽想起周铭一才刚过了九岁生日，然后她又想起她自己的九岁生日。"姐……你明天，是不是待在家里啊？"

周睽没听清："嗯？你说什么？"

"你是不是考完试放假了？你明天就留在家里行吗？"周铭一情不自禁地带上了哀求的语气。

周睽转身看着弟弟，弟弟眼里闪着泪花，望着她，眼睛里都是哀求和恐惧。他的个子还只到周睽的下巴，正努力地睁大眼睛好不让眼泪掉下来。周睽鼻子一酸，那一瞬间她突然想了很多。

"你害怕吗？"周睽突然问。周铭一一时不知道怎么回答。

"你想让他俩永远都不再吵架吗？"她又问。

"嗯。"周铭一不明所以，但使劲儿地点了点头。

她看着周铭一的眼睛，用手捋顺周铭一的头发，然后告诉他自己明天一整天都会在家里，而且会跟他待在一起，然后，她就去给弟弟煮泡面。泡面的香气溢满厨房的时候，周睽下了一个决心，我是为了弟弟好，她暗想，为了弟弟不要变成我的样子。

那天晚上，一直等到父亲上完晚自习之后一声不吭地回到家，姐弟俩才安安静静地睡觉去了。在睡着之前，周睽一直都没有等到母亲回来。第二天一早，周睽父亲去学校上班，周睽母亲起来给姐弟俩做了早饭，她自己没有吃就又躺回卧室，发出一声声极轻、但难以忽视的哭泣一样的呻吟。那呻吟声直到多年后还留在周睽的脑海里，让她深感人生的无趣乏味。

早饭之后，周睽偷偷拿了母亲放在卧室外的手机，并趁她不注意，跑到外面跟小姨通了电话，拜托小姨快点过来一趟。周睽估摸着小姨快要到了的时候，又给爸爸打了个电话，告诉他有重要的事情，让他跟学校请假快点回家来。打完电话，周睽的手都是抖的。

她要让父母离婚。

这场闹剧的结局当然是没有离婚，不仅没有离婚，当小姨和父母还有弟弟周铭一都聚在客厅里，弄明白了周睽提出了一个离婚的主意的时候，周睽因为她任性自私且异常愚蠢的行为遭到了一致的谴责。周睽永远无法忘记那一幕。四个人围坐在客厅中央，都一脸震惊地望着她，周睽更没想到的是，首先愤怒的居然是母亲。

“周睽！”她尖声叫道，“你个没良心的！”说着她又哭了起来。紧紧依偎着妈妈坐的周铭一受到了妈妈的感染，也陪着哭了起来。小姨一边劝这个一边哄那个。父亲也愤怒地站了起来，极尽冷嘲热讽：“怎么？你觉得马上上高中了，有能耐了是不是？周暌！你看你当的这个好女儿！你看你自己做的事儿有多可笑！你把你妈气死，把我气死，你就想干吗干吗了是吧？”

周暌懵了，他们不是厌恶彼此吗？

“小暌啊，你也不小了，该替爸爸妈妈分担点儿，也该懂点事儿了。”小姨语气不重，但足以表明了对周暌的不满。

分担什么？懂事什么？周暌越来越疑惑，又疑惑又惊惧，她看向周铭一，周铭一看她的眼神陌生又胆怯，只是在哭。周暌的目光来回扫视屋内的每一个人，她似乎感到一种难以言表的背叛，这种被背叛的感觉在胸口越来越强烈。

一定有什么不对。周暌睁大了眼睛打量这四个人。那个坐在最旁边的初中历史老师，绝对不爱他的妻子。学生和他的同事来家里做客的时候，他是个幽默和蔼、宽容又不失严厉的历史老师，深受学生的爱戴、同事的欢迎。但周暌知道他只是个虚伪自私的成年人，他回到家之后只会瘫在沙发上看没完没了的电视节目，或者只是无所事事和出门遛弯，如果回来看到妻子没有做好饭，或者做的饭不合他的心意，他就会极尽冷嘲热讽，心情糟糕的时候还会骂骂咧咧。这个初中老师喝了酒之后，面孔赤红，极易动怒，更是可怕。他丝毫不会关心妻子孱弱且操劳的身体。

和初中老师相对而坐，在小学门口做着小生意的中年妇人，身材微胖，头发在妹妹身上蹭得凌乱不堪，眼睛红肿着，脸上也都是泪。她哭得看上去狼狈不堪，这个样子周暌已经很熟悉了，她总是在家里忙碌地进进出出，有时也会坐在那里发呆，突然开始嘟囔些周睽听不太清的事情。所有的事情都不能让她满意，不知体贴的丈夫、总是给她添麻烦的两个孩子。她充满了厌倦，她身边的空气都充满了令人窒息的无力感，她也不止一次地向女儿和儿子传达对这种生活的厌倦。周睽一直以为她想逃离这种生活，可现在周睽看着她，突然不明白她一直以来到底是在哭些什么。

旁边语气不痛不痒地安慰着大家的小姨，脸上写满了索然无味，周睽知道她其实不大愿意管姐姐那些乱麻一样令人头疼的事儿。周铭一坐在妈妈的另一边，什么都不懂，还在哭，还在哭。周睽厌烦起来。

“你难道不想离婚吗？”她不敢相信地问妈妈，“你不是不想跟他一起生活吗？你不是觉得很累吗？”

“你给我闭嘴！”爸爸朝她吼，浑浊的眼睛里布满红血丝。

周睽不管他，也不想看他：“妈，你别哭了！你说话呀！”

“少给我找点麻烦吧！”母亲神经质地叫道，厌恶地转过身，似乎是不想看见她，“你以为你能耐大了？都马上高中生了，少点小孩子的任性行不行？让我多活两年行不行？非要逼死我才甘心吗？”

“姐……别说了……”周铭一呜呜哭着叫她，不想让她再继续说下去。

周暌被母亲和周铭一的话噎住了，她感到自己深受欺骗。最初的难以置信过去之后，周暌身体不住地颤抖，几乎是歇斯底里地尖叫了：“骗子！你们倒是离婚呀！”

周暌的父母没有离婚，经历过这件事之后，周暌不仅觉得自己愚蠢至极，还觉得受到了深深的欺骗。从此以后她站在家人面前，都不可避免地觉得自己是已经被抛弃的那个。她是破坏家庭和睦的不稳定分子，是不体恤父母的任性孩子。父亲还是会时不时地提起周暌劝离婚的事，语气像是在讲一个流传甚广的笑话，又像是用俯视的态度提醒一个跌倒的小孩，父母离不离婚，你一个小孩子在这里掺和什么，真是好笑。此后，即使家人在一起有度过欢快时光的时候，周暌觉得依然是被一层看不见的膜阻隔着——别忘了你是要拆开这个家庭的人，你不配有这种欢乐。

另外，在小姨富有同情心的渲染的讲述下，周暌也很快就成了亲戚间的笑话。当周暌在堂叔家被问她劝父母离婚时的细节，而她的父母真的就像讲笑话一样，毫无顾忌地把这件事讲出来的时候，周暌站在堂叔家的客厅，心里开始恨起了所有人，甚至她一直视为同伴的弟弟。

大概那就是她第一次，被拖进森林深处沼泽的记忆。初中毕业的暑假，父母很罕见地没有发生大的争吵，周暌也像什么都没有发生一样在家里平静地生活，但是她知道有些东西已经在看不见的地方改变了，在她和家人之间的空气里，始终有一种难闻的气味挥之不去。后来即使上了高中，甚至是去了更远的城市读大学，那股难闻的气味还是会时不时地从记忆深处飘来，让她想起不好的事物，比如背叛、比如抛弃、比如本该亲密无间的人们产生的陌生与间隙。

时樱不该这样突然离开的，这不合常理。周睽每次冒出这样的想法，都觉得是自己的思想在发出略显矫情的呻吟。“我才刚开始准备接受她，还没来得及考虑是否会被抛弃，或者以后关系变淡的可能性和概率，她就消失了。”

“这不合常理，这样被丢下太不合常理了。”周睽还没有搞懂这件事的性质到底是时樱离开还是周睽被丢下，她几乎不能考虑到时樱已经没有生命了。尽管她已经把时樱自杀这件事贴上了“事实”的标签来提醒自己，可她仍是对此没有多少现实感，也没有什么难以承受的悲伤，仿佛只要再努力打听一下时樱的下落，最后就一定能找到她一样。

周睽没想到的是，阿云很快就来找她了。那又是一个周五，吃过晚饭，她去便利店，在便利店门口看到了一个熟悉的身影，是阿云，正站在玻璃门边朝店里望去。

如果去便利店的话一定要从他身边很近的地方经过，想到这儿，周睽立刻转身，打算回去。阿云却扭头看到了周睽，并及时叫住了她，底气不足，稍有慌乱。

“你好。”周睽立刻说，扬起嘴角堆出一个笑容。

阿云犹犹豫豫走过来：“不好意思啊，我那天做得不太妥当。”

“不过我也挺过分的。”周睽突然转变了态度，说：“我老做蠢事儿。不怪你，只见过一面的人突然又出现并纠缠不休，搁谁身上都会觉得莫名其妙。”周睽没有说运动会上见的那次。

“是啊。”阿云果然也不记得，他从手提袋中拿出一条红色的围巾，递给周睽，“你的围巾，给你送过来了。”

“这其实是时樱的。”

阿云惊讶地看了看手中的围巾：“时樱的？我怎么没见她戴过？”

“我刚送给她没多久。”周睽笑了，抓过那条围巾，语气有点不满，“可惜了，她估计一次也没戴，好歹是我的心意。”

“她蠢起来，谁都不管。”他笑笑，“不早了，我得赶紧回去了。”

周睽和他一起走到食堂门口，阿云停下脚步，语气平静地发出邀请：“明天去我们那儿吧。”

“这次不会再把我关在外面了？”

“不会了。”阿云说，“我觉得时樱大概是想让你再去做客的——在某个突如其来的坏念头从她脑子里冒出来之前，她大概是这样想的，我猜。”

“是吗？”

“是。那是时樱租的住处，她自己会赚钱，靠着一个大部分时间都算正常，而且还称得上灵活的脑袋瓜，再加上一点刚刚好的文笔，在网上写一些过两天就被人忘得一干二净的文章。她做了很久，刚开始没什么钱，后来慢慢地酬劳丰厚。然后她就开始挖空心思，想找一处租金便宜，阳光和空间又不至于使人抑郁的地方。没想到还真找到了，然后……”阿云不知不觉说了很多，“她从家里搬了出来，在那里住了快一年。”

“原来如此。”

“明天，如果你没什么要紧的事，就去一趟吧。时樱的东西也差不多该收拾一下了。”

“好。”

“真的非常抱歉。”阿云眨眨眼，像是感到困倦一样，“我现在还是无法接受她已经不在的事实，我努力想接受来着，可就是觉得不像真的。以前有一次，她突然消失了一个月，那时候我是真的以为她死了，伤心得要命，甚至还偷偷地哭了。最后呢？过了一个月，她突然又蹦出来。问她怎么了，她跟个没事人似的，说玩儿去了。真是胡来。哪有玩一个月连个音信都没有的？可她不想说的东西，你怎么逼问她都不会说。虽然我每天早上起来都提醒自己，时樱不在啦，时樱不回来啦，可我现在还是觉得，她就是跑到某个我不知道的地方去了，在做些不论别人怎么问都不想说的事情。所以我连哭都没哭，不是故意忍着，是没有想哭的心情。”

“能够理解，多多少少。”周睽没有说谎。她也没有哭。

“那太好了。”阿云微笑着发出一声极轻的叹息，“明天见。”他快步走下食堂门口的台阶，在不远处又回过头来朝周睽挥了挥手，就很快地消失在了人群里。周睽把手中的围巾围上，朝宿舍走回去。她才注意到，身边来来往往的人在寒冷的空气中呼出的白气，白色的浓度之深，令人惊讶，简直像是一种有重量的事物，在空中浮现。应该是某种具有魔力的画笔，被暗处某只灵巧的手操控着，在暗沉沉的夜色里蘸着白颜料重重地抹上几笔，留下的痕迹转瞬即逝。

真是冬天了啊，周睽缩着头，半张脸都藏在温暖的围巾后面。她全身都感受到了寒意的侵袭，瑟缩着向宿舍走去。

九

第二天是周六，室友一般都会很晚起床，周暌在她们起床之前离开了宿舍，去学校后门旁边的一家早餐店吃早点。周六周日的早上这家早餐店的人都不太多，周暌来得又早，她进去的时候里面就一个穿着深灰色厚运动服的老大爷，正埋头吃面。

“哟，来啦！”早餐店的老板站在高高的包子蒸笼后面，白色的热气气势浩大，老板庞大的身躯在腾腾白气里若隐若现。

“嗯。一个奶黄包，一个茶树菇包，还有紫薯粥。”周暌想了一下，又改了口，“算了，不要紫薯粥了，要豆浆吧，麻烦加点糖。”

“好嘞！”老板灵活地转过胖胖的身子，在雾气中消失了，转瞬之后又从雾气中走出来，把盛着两个包子的盘子和一杯豆浆端到周暌面前。

周暌夹起一个包子，轻轻一咬，还是不小心烫到了嘴，忍不住“嘶”了一声。

“慢点吃。”老板一边揉着面团一边笑眯眯地说，“刚出笼的，当然烫了。今天周末还来这么早啊？”

周暌经常来这吃早点，而且来得很早，都是店里人还少的时候，只有自己一个人的情况也不少，毕竟周暌保持得最好的习惯就是早起。来得多了，老板对她也面熟了，虽然不知道她叫什么名字，但是有时候还会和周暌搭几句话。多是老板问，周暌答，或是老板说，周暌就默默地听着。

“是，今天有点事。”周暌一边试探性地用嘴唇试着包子的温度，一边说，她突然又想加一句，“去找个朋友玩儿。”

“哟！”老板知道她是外地来上大学的，老板也是外地来做生意的。在周暌吃早饭的时间里，这个胖胖的老板几乎断断续续地把自己整个人生都讲给她听了。水电工程毕业后在公司里工作了四年，觉得太无聊，就辞职出来开早餐店，早餐店开了四年，今年已经三十一了，还没有结婚，也没有做出理想中的、能让他的早餐店从众多早餐店中脱颖而出的独一无二的包子。

“其实想起来我大学辛辛苦苦学的水电工程，现在真是一点都没有用上。”老板这样对着周暌感慨过，周暌不知道怎么接，就说了句“这也是没办法的事，你想做包子嘛。”然后低头吃早点。

我现在学的东西以后也完全用不上怎么办？周暌这样想过，毕业之后，再接着读了研究生，说不定我会一直读到博士，不过，万一我最后也心血来潮去做包子，或者做别的东西呢?

“我大学朋友也多着呢。”老板揉着面团，又开始感慨了，“其实现在也有他们的联系方式，就是很少发消息了。刚开始那两年，我在公司的时候，有时候还会一块儿聚聚什么的。现在没啥话说了。我的包子可一点都用不上水电工程的知识啊！我那时候还谈了个女朋友，过了两年分了，其实我本来跟她在一起的时候，还以为过一年就会分呢。”老板嘿嘿笑，开始包包子，他的手指非常灵活。

“如果做工程师的话，说不定也是个挺优秀的工程师。”周睽胡乱猜想着吃完了早点，把钱付了就走了。

周睽坐的还是上次的那班公交，上次是中途看见了阿云就提前一个站下车了，这次她一直坐到了目的地，在时樱住处的那栋楼旁边的公交站下车，走进了那个昏暗的世界。两侧的楼之间的距离过于紧密，阳光很难从上面照进来，没有阳光的阴暗处，透骨的潮湿和阴冷。冬日的清晨，即使有阳光，也是软绵绵的，周睽只好不停地朝快被冻僵的手上呵着热气。

还是那个昏暗又逼仄的楼梯，周睽拿出手机打开灯光，照着脚下的台阶，爬到了三楼，门铃是坏的，她就敲了敲门。刚敲两下，阿云就在里面应了一声，门很快就开了。周睽下意识地朝屋里看去，虽然地上还是堆着很多东西，但小桌子上已经看不到食品包装袋什么的了，地上也几乎没有垃圾。差不多像她第一次来时看到的场景。小小的充满阳光的房间，地板上堆置着大大小小、千奇百怪的杂物，没有沙发、茶几、电视机之类的必备家具，只有一个低矮的绿色折叠桌。不过这个房间比上次周睽来的时候多了一个书架，靠墙搁着，还有一个杂物架，杂物架上的东西和地板上的东西一样乱七八糟。

“我也试着把这里收拾一下来着。”阿云注意到周睽的视线，无可奈何自嘲地说，“但是不出一个小时，它们又会乱成一团，估计它们讨厌被我整理。”

“我的天哪，你把一个大纸箱搁在地板中间真是太……这些东西都是时樱的还是你的？”周睽话一出口就觉得自己问了个不太恰当的问题。

阿云笑了两声，似乎只是觉得她的问题好笑。周睽用另一个问题掩盖了自己的尴尬：“时樱也会收拾这些东西吗？”

阿云笑得更厉害了：“算了吧，她只会把所有东西都塞进纸箱里，这就是为什么到处都有大大小小的纸箱。每次她收拾完，我都要为找不到东西头疼半天。”

“这个雪景球真漂亮！”周睽惊讶地从一个小纸箱里捡起一个雪景球。里面是一个漂亮的双层木屋模型，天蓝色的屋顶，亮黄色的墙壁，草绿色的门窗，其中有一面墙壁特意是空的，让人可以看到里面小巧得可爱的圆木桌、木椅、梳妆台、小床等等，一切都齐备妥当。房子的外面有一道棕色的栅栏，栅栏后面有个咧着嘴大笑的小雪人。虽然木板的边角有些粗糙，屋顶上的蓝色颜料也有一点不小心溅到了天窗上，不过这些粗糙的地方都显得格外可爱。

“简直像随时等人搬进去一样。”周睽惊叹道。

“是吧？那是时樱做的。”

“时樱？”周睽不敢相信地看着手里漂亮的雪景球，她注意到，和一般雪景球不一样的是，它里面装的不是人造雪花，而是纸片做的细小的粉白两色花瓣。周睽把它倒过来，再放正，粉白的花瓣洋洋洒洒地飘落下来，非常漂亮。

“你猜那是什么花瓣？”

“樱花？”

阿云笑而不语，算是默认了。周睽小心翼翼地把雪景球放回原位。站起身环视四周，恍惚觉得也身处于一个小小的模型房间中。“我不知道她会做这些东西，她从没跟我说过这个。”

“我也不知道她和你交了朋友。”阿云把那个雪景球又拿起来，在手里翻来覆去地看，然后似乎突然想起什么一样，扭过头，仰着脸用一种严肃的口吻对周睽说，“这不一样。”

在和时樱相处的过程中，周睽已经学会了在适当的时候保持沉默。

阿云严肃得有点沉重了：“你不知道时樱会做雪景球，我也不知道时樱和你交了朋友。不过如果她交了朋友，我应该知道的。因为时樱她根本没有朋友。”

对于阿云的说法，周睽心里并没有很惊讶，虽然看上去这个时候惊讶是应该的，时樱可以称得上是目前学院里最优秀的学生。和所有优秀的大学生一样，她学业成绩优秀，专业课绩点全部在四分以上，社团里也表现突出，她在校学生会里几乎被所有人默认为下一届的主席，她积极参加各种实践活动和比赛，不断地获得各种证书和奖状。不仅自己的学院，别的学院也有很多人知道时樱这个名字，它频繁地出现在逸夫楼大厅的布告栏里，还有照片里时樱的笑容，自信、灿烂、毫无阴霾，旁边是老师、领导或者别的班级、专业、学校的学生，背后是各种各样的比赛或者活动现场。在周暌最初的印象里，时樱身边仿佛永远都有一种不可忽视的光芒和热闹。

“那家伙没有朋友。”阿云终于下定决心似的放下了那个雪景球，开始起身收拾东西。周暌不知该说什么，依旧沉默地看着他，想帮他一下，又无从下手——事实上在周暌看来，他只是无意义地把一样东西从地板上某一个地方挪到另一个地方，房间并没有因此变得整洁。

“我应该把她的东西收拾一下。”阿云突然停下，手里拿着一个卷尺，若有所思地站在房间中心。他转过头来，茫然地看着周暌，似乎是才发现屋里还有别人一样。

“唉。”他长长地叹口气，盘腿坐在地板上，“你吃早餐了吗？”

“吃了。”

“你戴着围巾来的。”

“嗯。外面一直刮着风，很冷，冬天了。”

“我没进过那个房间。”阿云指着一扇门，“我甚至都不知道里面有几把椅子几张桌子，我一次也没进去过，那是时樱的房间。”

周暌认出来那是她第一次来住的那个房间，惊讶道：“是吗？那天晚上我就睡在那里，我不知道那是她的房间。”

“有时候她不想别人打扰她。”阿云看着那扇紧闭的门，声音很轻，好像时樱就在里面睡着了一样。在周暌眼里，他和时樱的关系就像谜一样，似乎比普通的恋人更亲密，又似乎比普通的朋友更疏远。“我就不进去，等她想出来的时候自己会出来，有时候她需要我的帮助，比如她的电脑出了点问题，她就会抱着电脑出来，到这里。”阿云指着身下的地板，“让我看看她的电脑怎么回事儿。”

周暌不知道怎么填补阿云说话中间停顿的空白，只好沉默着。

“对了，我跟你说了吧？她租了这间房子的事。”

“嗯。”

“去年年底租的，今年年底到期。”阿云仰着脸，好像空中有一个看不见的大算盘一样，“十三加七，啊，还有二十天。房东不知道时樱的事，因为租房子的钱虽然是时樱出的，但她只出钱，跟房东打交道这些事都是我来，也是以我的名义租的。”

周暌不知道说什么，沉默了一会儿，问：“你的父母呢？”

“什么？”阿云的视线从空中的算盘回到周暌脸上，似乎听到了一个奇怪的问题。

“你为什么不回家？时樱为什么不回家？”

“不想回家呗。”阿云摇头，“因为这样那样说不清的事情，不然呢？人会在什么情况下有家不回？”

这个反问让周睽有点不舒服：“我哪知道？跟父母不和？离家出走？”

阿云突然爽朗地笑了，笑声明亮，像是正午晃得刺眼的太阳：“你的语气好像这种事情很无聊一样。行吧，天底下的不幸都差不多。”

周睽意识到自己有点失礼了，赶紧道歉：“对不起，我不是那种意思。”

“不过说起来就是挺无聊的，”阿云善解人意地笑笑，“我爸妈不管我，我就出来了。”

阿云说得言简意赅，周睽还沉浸在刚才的自责中，老老实实地闭嘴。

“听着，周睽，我知道这样很突兀。”阿云又严肃起来，“还有二十天我就得离开这里。时樱已经不在了，她的父母从没找来这里过。她的家人根本不知道她具体住在哪里。但是，周睽，你是她朋友。”

“可能吧。”周睽用不确定的口吻说，她现在有点搞不清朋友的及格线在哪里，她对于时樱来说是六十分以上还是六十分以下？

“我们要把她的东西处理了。”

周睽觉得阿云现在的语气和神情都过于严肃，看上去很紧张。她想拍拍他的肩膀，告诉他不用太紧张。

“那些东西让我睡不着觉。”阿云的眉毛微微皱了一下，又很快舒展，周睽看见疲惫再一次降临在他的眼睛里，像是忽然飘来的乌云投下了阴影。“虽然从没有进过那个房间，但我了解她所有的事情和想法。我是这么以为的。我以为时樱没有朋友，可是那天晚上你突然冒出来。”

“我们可能，呃，就是很普通地交了个朋友，说实话，我都不知道我算不算她朋友。我刚跟她接触没多久。”周睽蹩脚地劝阿云，“就算时樱以前没有朋友吧，可是人长大的时候总会碰见很多人，你怎么肯定她会一直都没有朋友呢？”

周睽又说：“我对时樱有很多不了解的地方，可能时樱是个不幸的人，可能她碰到过什么倒霉的事情，可能她天性就不喜欢或者不擅长交朋友，再可能，她本身就是个性情阴暗冷淡的家伙，不屑这种人与人之间的情感联系。不过，人在长大的过程中是一直在发生变化的，有的人即使过了十八岁，变化也会不断发生。”

“你是说她发生了变化？”阿云嘴角的笑带有嘲讽的意味。要是刚开始周睽一定又会被惹恼，不过现在她已经习惯了阿云变化多端的态度。“你的意思是，本来一个阴沉古怪没有朋友的家伙，突然间和世界友好相处了？那么你说她变化的契机是什么？”

周睽答不上话来。

“问题就在这里。”阿云不由自主地激动了起来，他紧紧地盯着周睽的眼睛，“如果真的像你说的，时樱变成了一个愿意结交朋友的人。那么，你觉得一个还愿意结交朋友的人，会像她那样突然从楼上跳下去吗？她甚至都没跟任何人说一声！”

阿云的眼睛像是不平静的水潭，疑惑、痛苦还有愤怒，从水底汩汩涌出。周暌看着他的眼睛，被那浓烈的难以抑制的情绪惹得心头为之一震，她为自己草率的言论感到十分愧疚。

周暌盘腿坐在阿云对面，微微垂下头：“对不起，我不该胡乱揣测她。”

阿云又心平气和地说：“你也不要太往心里去。你才认识她没多久对吧？跟这么任性的人相处，可真是够辛苦的。”

“没有辛苦啊，我跟时樱在一起的时候，很愉快说不上，但是很轻松。”

“是吗？那也情有可原。”阿云立即说，然后笑笑，“你来的那天晚上，你记得吗？时樱让你睡在那个房间里。我那天晚上有事出去，第二天早上才回来。回来的时候只看到她留给我的纸条，说她有一件无论如何都要做的要紧事，先走了，麻烦我给你准备早餐，送你回学校。”

阿云叹口气：“拜托你，就当是看在时樱把你当朋友的份上，帮我把她留下来的东西处理掉吧。”

“我？”

“如果你也不纪念一下她的话，那她就真的和消失掉的泡沫一样了。”

“如果你觉得这样比较好，我当然很愿意。”

由于中午周睽还有一节选修课，她没有停留太久就回学校了。上完那节课，周睽在逸夫楼大厅看到了正在等她的阿云，他们一起搭公交去了时樱的住处，阿云走的还是那条沉闷逼仄的街道。是不是他们两个每次回去，都会走不同的街道？周睽情不自禁地想，但没有问出来。

一路上，阿云断断续续地说了很多。不过那些事情多是后来从警察那里得知的。那天晚上，时樱偷偷溜上了废弃的大楼，然后从上面跳了下去。他们住在城市北边，那栋废弃的大楼位于城市南边。警察在她衣服口袋里发现了一张字条，上面用铅笔写着家庭住址，还写着一行字，表明自己是自杀，和别人无关。警察按照那个住址很快找到了她的家，告知了她的父亲。从头到尾都没有人找来这里。时樱的父母早已经离婚了，她跟着父亲，去年年底又从家里搬了出来。父亲没管她。时樱死之后，她的父亲也没有追究她现在住在哪里，从没找来过。不过他倒是认识阿云，也知道阿云的联系方式。时樱的死讯就是他告诉阿云的。

阿云说："他不知道我跟她住在一起，不然，说不定就会问我这个地址了。那就麻烦了。"

他又说："其实她爸看着也挺可怜的，离婚之后就这一个女儿，现在也没了。他跟我打了电话之后，我就去了时樱的家。他把警察告诉他的事情原原本本地告诉了我，没有失态，也没有哭，反倒说对不起我。他大概是把我当成时樱男朋友了。"阿云说到最后一句，看一眼周睽，补充道："不过可怜之人必有可恨之处，一点不错。”

周暌还记得，她第一次进那个房间的时候，因为没有开灯，室内很暗，就没注意什么。而第二天早上，她在这个房间醒来的时候，在晨曦的微光里看到整个房间几乎没有什么生活的痕迹，垃圾桶里只有几个卫生纸团和几根用完的笔芯，地上清洁无垃圾，桌子上只有一个孤零零的台灯和一支笔——笔帽和笔杆是分开的，周暌看着很不舒服就把笔帽合上了——她稍微惊讶了一下，不过又以为时樱可能平常不睡这个房间，就没往下想太多。

当阿云终于推开那扇门，看到房间内的景象，果然有一瞬愣在了原地，然后笑了，像在笑一个被揭开了的蹩脚恶作剧。

“什么都没有吗？”阿云走进去，手指在空荡荡的书桌上抹了一下，一层薄薄的灰尘。

床边小桌还是那盏台灯，它看着比上次周暌白天看到的时候更孤零零的，床头柜上是一个白色的花瓶，里面放着一束紫色干花，颜色浓郁，在雪白墙壁的衬托下，越看越像一幅油画。

“这什么花？挺漂亮的。”

“可能是勿忘我吧。其实她还是喜欢玫瑰花，偶尔买一枝玫瑰回来，拿回房间。不过第二天早上就得拿出来扔掉。鲜花枯萎得太快，蔫巴巴的她说看着难受，后来就喜欢上干花了。”阿云后退了一步，用重新审视的眼神望着那束干花，“真漂亮。你把它带走吧。”

“把它带走？”

“不然二十天后，它就会被我或者房东扔进垃圾桶了。”阿云又说，“就楼下那个绿色大垃圾桶。”楼下那个脏兮兮、散发着令人作呕的气息的垃圾桶浮现在周暌脑海里。

阿云打开书桌的抽屉，一共两个抽屉。阿云先打开了左手边的抽屉，里面整整齐齐地塞满了薄厚不一的大笔记本，破旧程度也不一，但看上去几乎都是用完了的。正在周暌犹豫该不该打开这些笔记本的时候，阿云已经抽出一本了。

“这里面是诗句。”阿云翻开手中的笔记本，随口念出声来，“无端狂笑无端哭，纵有欢肠已似冰。”翻了一页，又念：“闻琴解佩神仙侣，挽断罗衣留不住。”

他把笔记本放回抽屉，又抽出一本。

“呀！”他低着头笑了，似乎有点不好意思，“这是她自己写的诗。”

“可以看吗？”

“看倒是没关系，她以前随便给我看的。”周暌发现阿云居然有点害羞，仿佛里面是自己写的东西怕周暌笑话一样。“都是她胡乱写的，有的就是她闲得无聊，所以胡写乱画。”

周暌凑上去看，净是一些不知所云的话：

一辆载满孩子的巴士刚好从我身边驶过
热闹而新鲜　充满希望和好奇
再后来他们也会长成我

或者不是我　是我的敌人
影子涂满了夕阳
身体长出向日葵
眼泪啪嗒啪嗒地掉下来
再后来我一天比一天接近大地
接近石头和天空
田野和村庄
我苍老　无法看淡世间万物
且恐惧死亡
清晨遥远的引擎声
坐在山谷里孤独的巨人
望着山上弯曲的公路
风吹过悬崖
回到阳台歇息
潮湿的衣服
过了夜、萎蔫的玫瑰
厨房里馊掉的汤
躺在地板上睡着了的阿云

里面还有很多零零散散的句子，根本不成诗，有的甚至像是随手写下的任性的牢骚一样。

阿云说："我记得这些笔记本平常都是放在外面的。她有时候就趴在地板上在上面写写画画，笔记本也是随手丢，哪儿丢的都是。”

“我可以拿回去看吗？”周暌鼓起勇气说出了请求，她看到这些笔记本，觉得那是世界上唯一还留存着时樱生命的事物。

“如果你有耐心看的话，当然可以。”

“其他的笔记本里是什么？”

“你看这个。”阿云翻出一个蓝黑色封皮的笔记本。周暌翻了一下，惊讶地发现里面居然全都是手写的《红楼梦》的片段，不过都是断断续续的，而且没有按照顺序抄写，看上去像是随手翻到哪儿就抄哪儿的一样。第一页抄的是刘姥姥带走巧姐的情节，第二页又变成了贾宝玉给晴雯撕扇子。在这里突然看到《红楼梦》，周暌恍惚有种异地见故人的感觉。

“她简直是痴迷写字，碰见喜欢得不得了的书，她差不多要全抄下来。这边还有。这本《漫长的告别》是上上个月开始抄的，没抄完，笔记本被打翻的水浸湿了，纸张变得皱巴巴的，就丢在那里不管了。然后她开始抄石川啄木的诗集。”阿云说着说着没了声音，他又弯腰翻了半天，找到一本还比较新的薄薄的笔记本，“是这本，才用了一半。”

“还没用完呐。”周暌若有所失。从进门到现在，空气中才猝不及防地滋生出一点伤感，不是悲伤，只是突然被迫接受事实的伤感。

“这个抽屉里是什么？”阿云打开另一个抽屉，里面放着一个笔记本电脑，电脑上放着一个棕色牛皮纸的信封，信封上是一张银行卡和一张学生卡，电脑充电线缠好放在抽屉最里面。电脑旁边是一本旅游杂志，封面是某地灯火朦胧的古镇夜景，幽灵一样穿梭的缥缈人影、古色古香的楼阁建筑，暖色的光融化了一般四处流淌在石板路上，宛如画里的梦境。

除此之外这个抽屉里就没有别的东西了。他们搜寻了房间的每个角落，时樱的衣物全部消失了，衣柜空空如也，只剩下一副空壳儿，周暌稍微用力一推衣柜甚至还会微微晃动。

“周暌，过来。这还有东西！”阿云似乎在衣柜另一边发现了什么，周暌走过去，看见地上躺着一个纸盒子，里面有一个白色的棒球帽。把帽子翻过来可以看到帽檐的下面写着的小字，一个字迹清秀的“雪”字。

“这是时樱的帽子？”周暌奇怪地问，“还写着字？”

阿云皱着眉头看着那个小小的“雪”字，用手捏着帽檐，像捏着一个不明的危险生物：“是前段时间那个运动会，你知道吧？参赛选手进场的时候，大家都要统一服装，她们带队老师还要求戴个白色棒球帽。因为帽子经常要摘下来，为了不被弄混，就把名字写在帽檐下面。怎么有个‘雪’字？”

当阿云说到“运动会”的时候，一个大胆的想法像毛毛虫一样钻进了周暌的脑海，她感到既恶心又可怕。

“她是不是不小心把别人的带回来了？或者帮别人拿回来的？”阿云疑惑地说，与其说是在与周暌说话，不如说是在自言自语。

“你知道她被处分的事吗？”周暌几乎是脱口而出，紧握了很久的一个僵硬的问句，不小心脱了手，在空气中激起阵阵涟漪。

“你是说，运动会上的那个处分？”

周睽内心紧张地点点头，时樱除了那个也没有别的处分。

“我知道啊。我就在新校区读书。”阿云若无其事地撇撇嘴，把帽子丢进纸盒，然后把纸盒抱在怀里，向书桌边走去。

“你怎么想？”周睽又朝他的背影追过去一句。

阿云把纸盒放在书桌上，开始把笔记本从抽屉里全部抽出来，若无其事地说：“怎么可能？肯定是哪里弄错了呗。老师和领导，一定没有仔细听完时樱的解释。”

周睽想起了第一次碰见阿云那天，“运动会那天你去了吗？”她说，带着一点有所企图的意味。

“去了，我是新校区志愿者协会的嘛，那天去做志愿服务了。”

“你见时樱了吗？”

“见了。我就在操场出口旁边的医务室，时樱还没有比赛就走了。她从出口经过的时候我刚好在外面值班，就看见她了。我知道她参加比赛，就问她怎么了，是不是受伤了，她说家里有点事得赶紧走。”

一个笔记本突然掉到地上，发出突兀而沉闷的响声，像是给阿云的话砸出的逗号。阿云跪在地上，吃力地把那个笔记本扒了出来。

“天知道她那个家发生了什么事！我问她要不要紧，我可以请个假跟她一块儿去。她不让，又急着要走，一刻也不想多耽误的样子，我就只好不再问她了。”

“然后她找人给她代跑，被发现了。”

阿云惊讶地停下手中的动作：“代跑？她没跟我说，她就说受处分了，我还以为是擅自离场，比赛迟到什么的。”

阿云沉默了片刻，又向着空气询问，声音轻得像是生怕惊扰了空气中飘浮的灰尘。“怎么回事儿？”不等周暌回答，自己摇摇头，笑着说，“那也太过分了，不可能，一定是哪里弄错了。”

他说得斩钉截铁，笑容明亮，丝毫没有自欺欺人的样子。周暌没有再说什么。除了家具之外，时樱的所有东西都被他们找出来了，在书桌上堆成一座小小的山。他们把这些仅剩的东西都搬出去之后，整个房间就像个庞然大物的骨架残骸，那个空衣柜，和书桌、床、椅子一样，是被风干的内脏，是没有生命的苍白的标本。

周暌退出房间，手放在门把上，关门。这一动作让她想起了那天晚上时樱就是这样为她关上门的。她的手像自己现在这样搭在门把手上的时候，已经怀着永别的心情了吗？

门磕在门框上，发出一声空洞的响声，周暌恍然觉得自己还在房间里面，黑暗的房间里面，窗外的夜晚和淅沥的雨声正包裹着她。

“这束干花，你连花瓶一起拿回去吧。”阿云在身后叫她。

“好啊。”周暌转过身，现在不过是午后两点，冬日暖阳洒满室内每个角落，阿云就在阳光里站着。窗户玻璃紧闭，依稀可以听到远处细细的喧嚣，没有雨声。那个把人淋湿的夜晚一定是另一个世界里发生的事情。是的，是另一个世界，此时的周暌可以不用背负那些事情。

“我记得这张卡里有五万多呢。”阿云说。

“她哪来这么多钱？”

“我跟你说了啊。”阿云曲起食指敲敲地板上那个笔记本电脑，像巫师在展示他的魔法盒，“靠新媒体。她写文章写了两年多，先是发表在一个网站上，刚开始几乎不赚钱，她也挺有毅力的，一直写一直写，天天都要敲电脑码字，码到半夜是常有的事。那时候在高中嘛，天天白天都是一张要睡着的脸。”说到这儿，阿云看了一眼周暌，“扑哧”笑了，“其实我早就想说了，你跟她那时候特别像，不是说长相，是给人的感觉，一副看什么都无聊到快要睡着的样子。”

周暌瞪大了眼睛，看看墙上的镜子里的自己，平淡无奇的表情。

阿云笑笑，接着说：“后来慢慢积累了点人气，有人愿意看她的文字，就有编辑找她签约，开始赚钱了。怎么说呢，刚开始我还看过她写的文章。你可能会觉得我夸她是因为带着私心的，不过，她写得确实还可以。她特别喜欢把一些犄角旮旯里的小传闻改编一下，写成更有意思的长故事。还有一些民间传说，什么妖啦鬼啦的，她最喜欢写那些。”

阿云翻着时樱的笔记，又仰头叹口气：“不过她跟我说她签约了之后，我就再也没看过她的文章了。她说编辑让她换了平台，故事得按照编辑的意思写。说写得没意思啦，我肯定会觉得不好看，就不肯告诉我文章发表在哪儿。再后来她又说在给两个平台长期供稿，薪酬很好。我问她写的什么，她就很含糊地说是社会热点，最多的就是明星的八卦啊绯闻啊什么的，很没意思的。然后我也没有再问过她了。”

“她靠这赚了些钱。”

“嗯。她从家里搬出来之后也没要过生活费。她爸不知道她具体在干吗，不过知道她在挣钱，就没管她。”

阿云眯起眼睛望着窗外，周暌看着他逆着光的轮廓，一动不动，宛如安静的剪影。她一瞬间怀疑阿云是不是和这个奇妙而安静的房间融为了一体。

“那，要不我先回去了？”周暌轻轻扯断他和房间之间无形的连接线。

阿云回头看过来，背着光，看不清他的表情。

“我先借走她的笔记本看一下。”阿云点了两下头，然后说，“我送你吧。”

“不用了，我自己认得路。”

阿云笑道：“这么多笔记本，你怎么拿回去？”

确实太多了。周暌瞅着摞在地上的笔记本。阿云找出一个小纸箱——周暌在这里见得最多的似乎就是纸箱了——把时樱的笔记本全收进去，然后利索地用宽胶带封上口。“不封口的话，路上掉出来就麻烦了，你回去就可以直接把胶带撕掉。”

周睽“嗯嗯”地应着，默默地看阿云在阳光里，身子弯下去，两只手灵活地在纸箱旁来回翻飞——周睽看那两只手看得晃了神，等到回过神来，阿云已经收拾好了，他“嘿哟”一声抱起小纸箱，纸箱本身并不大，但里面都是笔记本，周睽看着就能感受到它沉甸甸的重量。她有点不好意思让阿云一个人抱着，但又没法替他分担，不知道该说什么好：“这很沉吧？”

阿云试探重量似的举了举纸箱，抱怨道：“确实挺沉的，时樱这人真能写，完全不考虑我的感受。”周睽笑了，没再说什么。他们坐公交回了学校，一路上几乎没有说话。一直抱着纸箱手臂会受不了，周睽中间时不时地要求帮他抱一会儿，阿云也没怎么客气，让她抱一会儿之后再要回去。到了学校门口，周睽说到这儿就行了，她自己可以抱着纸箱回宿舍了，阿云没有答应，从校门到宿舍还有一段路，阿云一直把她送到宿舍楼下，在网球场旁边站定，把纸箱小心翼翼地交给她。

“行了，你进去吧。”

“辛苦了。”

“所以你得好好看，我很辛苦搬过来的。”阿云做出严肃的表情，周睽觉得他是很容易紧张的那类人。

周睽笑了：“是是是。”她想跟他摆手说再见，却没法腾出手来，只点了点头，说了声再见，就朝里面走去。一大群女生纷纷从宿舍里走出来，热热闹闹的，不知道是要集体去干什么。周暌逆着人流艰难地走进去，终于走到电梯旁，放下纸箱，歇口气等电梯。这时候她朝门外望去，看见网球场旁边只有匆匆而过的女生，阿云的身影已经消失了。

十

接下来的好几天，周暌除了去逸夫楼上课和做作业，其余时间都爬到床上，拉上床帘，躲在床帘后面看时樱留下的笔记本。她的话越来越少，璇哥、雪鹅和阿姚都意识到周暌最近整个人似乎都变得阴沉了，叫她一声，她经常听不见，不知道在想些什么，说话也是心不在焉。对于周暌来说，她并非没有意识到自身所发生的变化，她只是没有准确把握到这一变化的根本性质。

她觉得自己在与外界接触的地方产生了某些说不清道不明的违和，像是在海面上的冰川，她脚下的那块冰突然破裂，随着海水摇摇晃晃地越漂越远。她身边的人，她的同学、师长、亲人，还有一些站在朋友立场的人，都好好地待在原本的冰川上，若无其事地生活。而周暌只能呆坐在漂走的冰块上，遥望着那个她曾经熟悉的世间。

是哪里出了问题吗？周暌像是隔着浓雾看一场梦一样，模糊地觉得是自己身上某处与世界产生了违和感，这不是新冒出来的，而是过去的某个时间点悄然埋下的，只是自从遇见时樱之后，这种感觉更加强烈了。

可能是我在时樱的身上也嗅到了违和感，周睽想。

时樱留下的笔记本大部分是摘抄本，一个笔记本摘抄一个内容，有的是抄唐诗，当然还有分别抄元曲、宋词、现代诗等等的。还有很多笔记本，看上去几乎是要把一部长篇小说都抄下来，不过全都抄得零零散散的，完全没有按照原文的顺序抄。幸好这些笔记本上的小说周睽刚好都看过，不然单看笔记本的内容，非把人看得晕头转向摸不着头脑。还有的是时樱自己写的诗。

周睽从时樱遗留的字迹中断断续续地读着，明明都是她曾经读过的，以前是在读文字，现在却像是在读时樱一样，每一个笔记本里都是一个不一样的时樱。

那天晚上我想写一封
谁看见了都会
怀念我的长信。

这是时樱抄写的石川啄木的短诗的最后一首，写在左边空白纸的左上角，剩下呆板的横线和横线间索然的空白。这个笔记本和别的笔记本不同，只用了十几张，剩下都是空白，可能是她最后用的一个笔记本，还没有抄写完。周睽盯着角落里的那首诗，无论如何也想象不出时樱在抄下这首诗时的心境。她也不知道石川啄木的心境，不知道他在写下这首诗后，究竟有没有写一封谁看见了都会怀念他的长信。要说写信，周暌高中的时候倒写过类似信的东西。读高一的时候，她和一个同学非常要好，两人每天都有说不完的话，等到了高二，被分到了不同的班级，高中不允许带手机，课程又非常紧张，她们没有那么多的时间聊天，就写信。严格来说也不能称之为信，因为她们没有用信的格式，而且纸张也是多种多样，从笔记本上撕下来的纸、画坏了的画纸、数学演算稿纸的背面、用剩下的作文纸、因为没有印上字而大片空白的试卷等等，只要可以写字，都可以用作信纸。

一张A4纸，正面背面密密麻麻写满，她们一次能写两三张，而且几乎过几天就会交换信。过一两个月，周暌的课桌抽屉里可以积累一小摞的信，她就会把信拿回宿舍。除此之外她们还商量出了一种处理方法，就是撕得粉碎，扔进下水道里，这样谁都不会看到她们的信了。那时候每次写的信，都是在意犹未尽中结尾。有时候这次的信还没有给对方，就准备着写下一次的信了。

周暌模糊地记得她们在信里也就是写些最近看的书、听的歌，或者最近学习怎么样，哪一科进步了哪一科退步了之类的。不过，周暌现在无论如何也想象不出，她们为什么总是有说不完的话，怎么总是能轻易地把一张张白纸填满密密麻麻的字。如果让现在的周暌给别人写信的话，估计对着信纸坐一整天也写不满一张纸。

后来她那个朋友没考好，留在了离家乡很近的大学，三个小时的车程就能从家到学校。周暌考到了遥远的北方，每次从家到学校都要转两次车，在火车上度过一整晚，花上几乎一整天的时间。专业也不一样，周暌学了日语翻译，朋友学了化学。她们之间偶尔也会互通消息，都是用手机，十分方便。刚开始消息频繁，后来就渐渐不怎么聊了。最后一条消息是九月份，朋友问她现在在忙吗，周暌当时正在学习，不过她立刻就回了个“不忙”。朋友又问她国庆假期要不要回家，周暌说来回太麻烦，学业上的事儿也有点多，就不回去了。朋友表示了理解。其实周暌说完不回家就后悔了，她心里挺想朋友用任性的语气说一句“你还是回来两天嘛，我想见你了”。不过朋友自始至终都没有说，两人很默契地改变了话题的方向，不咸不淡地聊着校园生活。最后朋友说了个“晚安”，周暌回了个“晚安”，对话就此结束。

周暌放下手机的时候还有一丝遗憾，但是当她重新打开书拿起笔的时候，一条一条缀满笔记的日语语法占据了整个视野，周暌忽然觉得这些莫名其妙的语法看上去无比陌生，它们和放在一旁的手机里的朋友之间隔着不可跨越的鸿沟，宛如处在两个互不相交的世界。周暌想象着朋友书里的一堆化学方程式、分子结构式之类的东西，想象着朋友坐在实验室里，穿着白大褂，戴着护目镜，把一种液体滴入另一种液体，摇晃试管，等待它们发生反应。有时候实验的结果并不是预想中的那样，她会苦恼，反复思考哪里出现了问题，但她绝对不会和周暌讲述这一切，她不会跟周暌说她如何思考那些问题，如何思考一个复杂的方程式并享受其中的乐趣，就像周暌不会和她讲今天刚学的一个发音好听的单词——这些当然都是周暌的想象，不是想象的是，周暌第一次在心里明明白白地意识到并接受了和昔日好友日渐疏远的事实，其实她知道，专业什么的并非导致友人互相疏远的决定性因素，不过除此之外，她还没有找到合适的说法。

几分钟之后，周暌的大脑被复杂的日语语法完全占据，和朋友之间的关系被忘到了脑后。

周暌有时候回想起过去的自己，总觉得像是从很远的地方眺望一个熟悉的人。你突然发觉她那熟悉的长相从远处看竟显得有点陌生，你眼中她曾经闪耀无比的优点似乎光芒暗淡了一点，她曾经耿耿于怀的缺点也并非那么难以接受，而且越看，越觉得她就是陌生且普通的众人中的一员，谈不上非常失望，但也高兴不起来。

当周暌快要看完所有的笔记本的时候，她在纸箱最下面发现了一封信。更令人惊讶的是，信封上写着她的名字。

应该是给自己的吧。周暌打开信封。里面最先掉出一张和别的信纸不同的白纸，上面写着：

> 这是时樱离开之后，我在我房间里发现的，我想应该是她提前放在我这儿，她给我留了张纸条，拜托我把这封信交给你。
>
> 我发现这封信的时候，没有立刻按照她的指示送给

你。一是我不认识你，我只知道你和时樱在一个学院。二是，我根本无法同时接受时樱突然自杀和时樱突然有了朋友这两件事。

我想了很久，决定还是给你。不过我没想到你会要走时樱的笔记本看，所以一会儿把它塞在笔记本里。这张纸条是你在时樱房间里，我偷空写的，就到这儿了。

——阿云

周暌捏着那封厚厚的信，好像捏着一只柔弱猫咪的脖颈，小心翼翼。宿舍里除了她之外只有璇哥。璇哥正在阳台上晾刚洗好的衣服，水滴在地板上的塑料盆里，发出响亮的“啪嗒”声。从宿舍楼下的操场远远地飘来玩得正在兴头上的男生们的喊叫，周暌那一瞬间突然涌出强烈的羡慕之意，羡慕他们每天总是精力旺盛，大冬天只穿件薄薄的单衣，畅快淋漓地出满身汗，和身边的人大声地说话，即使是完全不认识的人，也能为了一场比赛亲如兄弟。

周暌从没有体会过那种感觉，可是现在她心里涌出了难以抑制的羡慕，不知道为什么。

璇哥搭好了衣服，“呼啦”一声推开阳台和宿舍之间的推拉门，举着一双湿漉漉的手走了进来，她看见了周暌手上的信，露出一点象征性的惊讶，挑了挑眉毛。

“情书？”

“不是。”周暌表情毫无波澜，甚至还有点茫然，反问道，“这年头怎么还会有情书？”

“哦。”璇哥点点头，在毛巾上擦干手，重新爬到床上，让周睽吃晚饭的时候喊她。

周睽还站在那里，手里捏着那封信，还是猫咪的脖颈，湿漉漉的猫咪，毛发一缕一缕地粘连着，好像还冒着湿气和寒气，尽管冬日珍贵的暖阳正包裹着她，她还是有种不适感，来自手中的那封信，谈不上厌恶，她只是觉得不适，本能地抗拒。

周睽打开那封信的时候，心情有点儿像忍不住去抠一块伤疤结的痂，而她知道那块痂还没长好，如果抠开，必定渗血。

字迹清秀，但明显有点潦草，像是在赶时间。

周睽，你好！

我现在写的东西，按道理应该被称为遗书吧？不过我不想那么称呼它，太残忍了。

周睽，开始写这封信的时候是黄昏，坐在室内明显感觉到了寒意。已经入冬了，现在正在下雨，这可能是今年最后一场雨，下一次该下雪了，我看不到雪了，不过我也不想看雪。小时候有一年冬天，寒假，我跟同学在外面玩了一整天。黄昏的时候天开始飘雪，鹅毛大雪，从空中飘飘扬扬落到地面上，很快就铺了一层。那是我见过的最漂亮的一场雪，把当时还是小孩子的我都感动了。

我突然很想回家，想把这么漂亮的雪景告诉爸妈和我姐姐，跟他们一块儿看。我激动又兴奋，一路小跑着回去了。现在回想起来，当我像揣着一个美丽的秘密跑回家的时候，那种体验应该是很幸福的。

我家就在这条破败灰暗的街道上，黎明街区。在我小时候的记忆中它没这么破败灰暗，不过小孩子对环境的感受总是会过滤掉很多东西——我家在经营一家小店铺，那时候这条街上的生意都还勉强过得去，后来却渐渐不景气了。当然只是这一条街，旁边的光鲜亮丽的商业街完全没有沾染一丝阴霾。当你站在连通两条截然不同的街的小道上，一半明一半暗，你会强烈地感受到这个世界没来由的讽刺和悲哀。

我不喜欢冬天，我喜欢春天。我妈是在冬天走的，她和爸爸离婚了。虽然妈妈把我姐姐带走了，把我留下了，但我还是特别高兴。高兴的不是跟我爸一起生活，高兴的是她们终于能摆脱了这个家。

扯远了，我应该讲讲那次大雪天的黄昏。我跑到家门口的时候，差点撞上从家里跑出来的姐姐。我记得她眼睛红肿着，像是哭了，她用一种很奇怪而且陌生的眼神瞥了我一眼，然后扭过头躲闪着我，像是自言自语地小声说“别进去”，然后就丢下我跑远了。

我后来总是很多次回想起姐姐的那个眼神。那个眼神不是对我的，那是她的眼睛在没有设防的时候流露出的悲伤，只是偶尔被我撞上了。印象中我头一次看到有人那么悲伤，还是我姐姐，在大雪纷飞的黄昏，还没有开灯的冷清的店铺门口，这场景刚好适合给一个孩子上第一堂人生的伤痛课。

我有点懵，事实上，等姐姐跑远了，我才回味过来她刚才小声嘟囔的是“别进去”，不过当时我太小，没有仔细体会她的意思，就梦游似的走进了我家那个熟悉的店铺。

那是个堆满了货物的杂货铺，平常这个时候应该已经把灯点亮了，可那天没有。我走进去，听到楼上隐隐约约的动静，像是桌椅挪动时刮拉着地板的声音，沉闷但刺耳。我不知道发生了什么，只是按照一个小孩子的天性行动。我极为小心地向店铺后面的楼梯口走去，生怕发出一点声响。走到楼梯旁边的时候，突然听到有人在楼上惊叫一声，接着一个沉重的黑影“咕咚咕咚”地沿着楼梯滚了下来，刚好滚到我的脚边，停住了，瘫在地上。

我被吓到了，拼命地尖叫，几乎要把嗓子喊破。另一个黑影跑下楼梯，越过地上的黑影，向我扑来，朝着我的脸猛地扇了一巴掌。

过于强烈的震惊像突如其来的海啸一样席卷了我，我忘记了尖叫，呆呆地望着面前恐怖的一张脸。我花了几秒钟才认出来那是我爸的面孔，在黑暗中半隐半现，用可怖和因为狂怒而颤抖的神情望着我，像是露出了真实面目的危险陌生的兽类。地上一团布料下瘫软的、发出微弱的呻吟、像失去了外壳而柔弱得不堪一击的软体动物正缓慢地蠕动着，要离开地面。而站在我面前的那个人，转身朝地上的黑影踢出了暴怒的一脚，刚刚拱起的黑影无力地叫了一声，立刻又软了下去。

极度的惊恐使我又尖叫了起来，我意识到我处在危险当中，这种危险是我在那之前从未见过的，属于我尚不知晓的世界。我想起了跑掉的姐姐，于是我转身就跑，去寻求姐姐的庇护。

跑到店铺门口看到外面有聚过来的人，在门口探头探脑向里面张望。邻居婶婶试图抓住我表示关心，我挣脱了她的手，朝外跑。我那小小的惊恐的心觉得留在那里会被杀掉。

我不知道我爸或者别的人有没有追过来，我一直在跑，跑出了那条街道，不知道跑过了几条街道。我想找到姐姐，可不知道她去了哪儿。雪下得太大了，我跑到了附近的公园亭子里，在亭子里坐着。亭子里面很冷，风往里面灌，不过最起码挡住了雪。

我坐在冰冷的石凳上，天很冷，又下着雪，公园里没有散步的人。不远处的街道灯火通明。而公园里被黑暗笼罩的亭子里，除了恐惧，孤独的滋味和刺骨的寒冷也强烈地袭击了我，我不停地哭，风吹在泪痕上，像要结冰一样，我只好不停地擦泪。我觉得那天晚上我就会死在那个小亭子里，如果回去我也会死掉。两者比较，我宁愿留在外面。我一面哭，一面对我那短暂的人生感到不舍，一遍又一遍地回想我还没有做的事和我做错了还没有弥补的事。

当然我没有死在那天晚上。我姐姐找到了我，我不知道她是怎么找到的，她一声不吭地从夜色中出现在我面前，摸摸我的头，抓着我的手把我带回去了。

其实从那天之后，我在很久的一段时间里都没有再见到妈妈。她一直躺在楼上的卧室里——这是姐姐告诉我的——吃饭的时候只有三个人，我和姐姐坐在一起，爸爸坐在对面。几乎不会有人说话，没有人向我解释一下那天晚上发生了什么，没有人责问我那天晚上为什么跑那么远，也没有人提到楼上的那个家庭成员，仿佛她只是一团让人不舒服的空气。我没看到她出来吃饭，也没看到有人给她送饭。我趁人不注意就偷偷趴在爸妈的卧室门口，耳朵贴在门上，希望听到什么，比如咳嗽之类的，不过没有，完全没有声息。我很害怕，我觉得她会在房间里悄悄死掉也没人知道。我当时太小，还理解不了生活到底发生了什么。

过了几天姐姐就告诉我，妈妈回了姥姥家，过几天回来。我不太信，我怀疑她已经死了，所有人都要瞒着我。等了很久，姐姐一直在说过几天，过几天，她却一直没有回来，我更坚信了妈妈已经死了的现实。

当然我妈没有死，她只是和我爸离了婚，后来把姐姐也带走了，再也没有回来过。

很多年后，我在读高一的时候遇见了阿云。我第一次看见他的时候，他正和其他两个同学坐在空荡荡的教室里，心不在焉地做着老师专门为我们准备的化学试题，因为我们被选上参加一个月后市里的化学竞赛。午休期间的教室，里面只有我们三个学生，我坐在靠窗的地方，心事重重地朝窗外望去，刚好看见他正蹲在楼下一个垃圾桶旁边，低着头在那里翻看一个大概是画册的东西。

后来我才知道，那天早上他刚被他的伯伯赶出家，唯一可以去的地方是他的奶奶家，但他没有去，就在学校的教学楼后面的阴暗处蹲着，百无聊赖地翻看被人扔掉的速写本。

如果那天早上没有碰见他，我们大概过的会是另一种人生。那天早上他在心里下定了决心辍学去打工，而我几天前听到邻居在我家旁边嘀咕，说我妈生了场大病。我为此惴惴不安正想着借口，明天我要告诉老师我不参加什么化学竞赛了。然后，我要等机会逃课跑出去，跑出学校我就去给我姐姐打电话，问她们在哪儿，我要去找她们。

我一遍又一遍地考虑我的计划，考虑给姐姐打电话的时候要说些什么，考虑见到妈妈之后第一句要说什么。正考虑得心烦意乱的时候看见了阿云。

我百无聊赖地望着楼下那个人望了好久，他也百无聊赖地翻着画册翻了好久，蹲着蹲着索性盘腿坐在了地上。

我心里正惊讶这个人怎么坐在地上翻一本画册那么久，突然他毫无征兆地仰起了脸，刚好对上了我的视线，看见我正看他，就冲我笑了笑。

一个大胆的想法突然从我脑海里冒出来。在我的课桌抽屉里，有一本伸手可及的漫画书，《火鸟》的其中一册，我从旧书店里偶然发现的。那是一本很棒的漫画书，虽然已经破破烂烂，而且是一段不完整的没有开头也没有结尾的故事——我后来去那个旧书店里很多次也没有找到那一套漫画剩下的部分——不过，那真的是一本很棒的漫画，我就把它放在我的抽屉里，平常不敢拿出来看，班长坐在离我很近的地方，他真的会把我的漫画书收走——简直像小学生一样!

我冲他挥挥手，然后掏出《火鸟》，从窗户那里扔了下去。

漫画书从四楼掉下去，落在了楼下的花坛里，没有我预想中的很大的声音。教室前面的两个同学居然对于身后发生的事情毫无意识，只把背对着我，思考化学题。

阿云惊讶地看了看我，我咧嘴笑，用手指指那本书，他大概明白了我的意思，从水泥地上站起来，拿起花坛上的漫画书。

看到他拿起了《火鸟》，我心满意足地收回了视线，把心思放在了化学题上。

我专心致志地做着题，等到午休结束的铃声响了，才又想起朝窗外看一眼。他已经不在那儿了，地上也没有我的漫画书的踪影。我觉得我会再见到他的，即使见不到了也没什么。虽然那是我最喜欢的漫画书，但是如果给了一个能坐在地上看画册看很久的人，我也没有什么失落的感觉。

当然，后来他根据窗户的位置找到了我，把书还给了我，问我可不可以借别的册，我说没有了，然后约好下次带他去那个旧书店。

第一次和他一起去旧书店，一路上聊了很多。最后我劝他不要辍学，继续读下去。他劝我不要头脑发昏去找妈妈和姐姐，不要一时赌气放弃竞赛。最后我们达成了共识，他回学校，我准备化学竞赛。

直到高中毕业我们都没有在那里找到别册的《火鸟》，不过我们成了朋友。周日下午是学生自由活动的时间，我们一起去吃午饭，然后一起走过两条街，去那个旧书店里，看一下午的书，临走的时候两个人商量这周要买什么书。我们都没有什么钱，所以一周只买一本，而且买完书，就在街边买一个煎饼果子，一人吃一半。站在江上大桥边，一边看着夜色渐渐笼罩城市，一边吃完煎饼果子，再慢慢走回学校。

阿云的爸爸早已去世，妈妈改了嫁，本想带走他，因遭到了阿云爷爷奶奶的强烈反对而作罢。阿云一直生活在伯伯家，后来，伯伯对这个莫名其妙多出来的一张要喂养的嘴渐渐感到不耐烦，每天都要无缘无故地把火气撒在他身上，终于有一天因为阿云顶嘴把他赶了出来。阿云就只能去爷爷奶奶家和两个老人一起生活。

至于我，我就不用说了，我刚刚已经说过了。

现在回想起来，我们那时大概已经达成了默契，以后不依靠家人和其他任何“朋友”关系的人，我们两个一起勇敢而独立地生活下去。

两个人一起，怎么能用得上“独立”这个词呢？不过我们除了彼此之外，似乎也没有和别的人再建立亲近的关系，包括家人和同学。我们已经在某种程度上，脱离了正常的轨道，没有任何人察觉，也没有任何人试图把我们拉回正常的轨道，我们就紧紧地牵着手，胡乱地朝前方走去。其实到底是朝前走还是朝后走，我们两个谁心里都没数，就算没数，也要硬着头皮走，不仅是为了自己，也是为了彼此。

阿云学习算不上努力，也算不上不努力，只不过脑子足够聪明，不至于为升学发愁。我学理科渐渐有点吃力，对日复一日的方程式厌倦不堪，开始在网上写一些文章。刚开始阅读量惨淡，不过后来学聪明了，慢慢积累了固定的读者，文字也变成了实实在在的金钱。

赚到的钱是真的，对自己产生的厌恶感也是真的，我写的文章越来越不堪入目，但依然能在网上得到足够的追捧。我本来决心把写作当作未来的事业，并且把我的想法告诉了阿云，阿云当然支持。刚开始阅读量惨淡的时候，我还会把我写的文章给他看，他真的很聪明，知道哪些写得好，哪些写得不好。后来有人找我约稿，我真的得到了报酬之后，再也没给他看过我写的文章。那些文章，我写完之后自己都不会再看第二眼。

到了高考的时候，我们考的分数也差不多，为了保证能被录取到一起，就报考了这个我们生活的城市里的同一所大学。虽然不是一个校区，但好歹还算没有分离。

上了大学之后，约稿越来越多，读者越来越多，钱也越来越多。后来我想直接搬出学校，想找个离两个校区都不远，租金又不贵的地方。讽刺的是，找来找去，最后条件合适的出租房竟然还是在我家这条街道上，只不过和我家分别在街道的东西两处。

我还是搬了出去，和阿云一起搬到了那个地方。虽然就在一条街上，但我没有告诉爸爸我搬到了哪儿，他大概知道了我和一个男生走得很近，心里默认为我在谈恋爱了，不过即便如此也没有问太多，一是他真的对我的事情没有太多兴趣，二是我自己有能力挣钱，手里有了钱，在家里也有了话语权。

我到现在都没法界定我和阿云的关系，不论是用朋友还是用恋人来形容他，我都觉得有违和感。当然，我强烈地希望以后能一直和他生活在一起，虽然阿云没有说，但我确信他也是如此。因为从我遇见他那天起，我们就是相互支撑着走过来的，如果我们现在或者以后分开的话，就会变成两个孤立无援的人。那种结局不论对我还是对阿云，都将是毁灭性的打击。好像只要我们互相支撑着，就能让我们的人生避免某种可怕的结局。

他第一次来这个地方的时候背了一个黑色的大包，手里拿着我提前给他的钥匙。当时我正在我的房间里飞快地敲着键盘打字，赶一篇稿子，那篇稿子是给一个公众号写的，关于一个被丑闻缠身的歌星。

我听见他开门的声音，他站在门口，声音清脆地喊了一声我的名字，问我可不可以进去。

我像是受到了惊吓一般猛地合上笔记本电脑，快步走出房间，把房间门在我身后“嘭”的一声关上。一个想法突然在我脑海里不受控制地膨大，或者是某个可怕的种子突然破了土。有个尖声尖气的嗓音在我耳朵里歇斯底里：“不能让他进来！不能让他进来！”

这种可怕的情感完全控制了我，我像是走在高空中颤抖摇晃的钢索上，只要稍加停顿就会看到遥远的、令人目眩的陆地。我的意识强迫我看向前方，阿云正看向我，脸上带着浅浅的笑容，动了动嘴唇，轻声说着什么，但是现在我不记得了，也可能我本来就没有听到。

他好奇又愉快地沿着墙壁走了一圈，打开窗户朝外面望了望。他在说些什么，脸上一直浮着笑容，像是湖面上一直不会归于平静的涟漪。最后他朝我走出来的那个房间走去，我听见他笑着问：“刚刚你在干吗呢？”

我听见一声毫无理性的尖叫——过后才发现那声尖叫是从我的喉咙发出的——阿云被吓到了，呆呆地站在那个房间门口，一只手准备去推开门的动作在半空中凝固了。

我的表情一定僵硬而怪异，因为印象中阿云似乎盯着我的脸，有点困惑，也有点担忧，然后他的表情回归正常，自然地放下了手，突然笑了，好像我就只是说了一句傻傻的很好笑的笑话。我感受到了他的善意，并为这一直以来充满包容的善意深深地感激他。

当然那只是暂时的，阿云住在另外一个房间里。阿云从来没有提过我的房间有什么或者能不能进去看看这种话，有时候某本他想看的书刚好在我的房间里，他也完全不会问我能不能让他进去把书拿出来，他只会让我把书给他，语气自然得就像是让我把手边的书随手递给他一样。他后来没有追问过那天我为什么会有那么大的反应，也闭口不提我的房间，好像那个房间根本不存在一样。

但这件事情并没有造成我们相处上的隔阂，至少表面上是这样。我可以毫不夸张地说，这几乎完全符合理想中的生活，我们在这里很放松，这是一个孤岛，和外界的任何人都没有联系的孤岛。周一到周五的白天我们都在学校，晚上回来。周六周日待在这里的时间比较多，不过我们很少说话，或者说几乎不怎么说话。他对于艺术创作有非凡的热情——原谅我过于主观了，我其实对那些艺术家做的事情并不怎么懂，但是我从来没有怀疑过他的艺术天赋，他画的画，用外面捡来的废弃材料制作的那些奇奇怪怪的东西，用陶泥制作的各种夸张的人物、动物，像他自身一样沉默含蓄，且含有饱满的情感。

他可以在窗边的地板上坐一下午，从阳光明媚的午后一直到暮色降临，我不得不帮他把灯打开——如果没有人提醒他，他很难想起去开灯。有一次我因为要负责学生会的活动，和别人一起吃过饭才回来。我自己开门进来，惊讶地发现他还坐在那里，从窗户透进来的微弱的光像是某种神秘的气体一样浮在他的身体轮廓四周，我听见他的手轻轻拍打陶泥的声音，他在拍打着一团我很怀疑他能否看清的陶泥。

那一瞬间我没有想到立即去开灯，我看着他在窗边沉默的影子，他沉默的影子和温柔拍打陶泥的动作深深地打动了我。那大概就是艺术所带来的感动——当他在全身心地融入艺术的时候，他就是艺术本身。当时我就想，我再也不要给网上那些人写些无聊又折磨人的文章了，我要写能拿给阿云看的文章，我要写出真正的小说来。我不是一直很想做个了不起的小说家吗？怎么净是写些自己都不愿意看的东西呢？我还要把班里的职务和学生会里的职务全都辞了，我再也不想和他们一起没完没了地聚餐了，再也不想听他们在餐桌上讲些无聊的蠢话了。我的眼泪差点掉下来，一股促使我走上前去的冲动和一股促使我默默退出去关上门的冲动交织在一起，还没等我做出选择的时候，阿云已经抬起了头，向我打了个招呼。

“小暌！”有人轻声地呼唤，周暌一瞬间误以为是自己脑海中的声音，但她立刻就反应过来是璇哥在叫她。

璇哥躺在床上，用被子紧紧地裹住自己，像一只细长又古怪的蚕茧，头从茧的一头露出来，两只眼睛望着周暌。

“怎么了？”周暌也轻声问道，她面对璇哥直视过来的眼睛有点紧张和心虚，好像信的内容也被璇哥看去了一样。

“你在干吗？”璇哥问。

“我在收拾东西，最近笔记本什么的太乱了，收拾一下。”周暌若无其事地把信塞进抽屉里，然后假装收拾书桌上的书，“你不是要睡觉吗？”

“睡不着。”

“作业都做完了吗？”

“做完了。”

“你可以玩游戏啊。”周暌一边说，一边把刚从抽屉里拿出来的一本书重新塞进抽屉。

“啊……”璇哥长叹一口气，“突然觉得玩游戏也好没意思。”

“你怎么啦？”周暌停止手中无聊的动作，转向璇哥，仰起脸问她。

“唉——”璇哥又长叹一口气，郁郁地看着周暌。

周睽特别怕别人叹气，从小周睽就清晰地记得，妈妈经常一边干着手里的话，一边长一声短一声地叹气。

这是不好的信号，周睽心里拉响了警报。不知道为什么，中学时代的周睽就经常会遇到别的女生找她倾吐烦恼的情况，虽然那些女生大多数和周睽并不是很熟悉——在周睽看来，自己和她们不是特别熟悉的关系——那时候周睽虽然性格沉默，但不管对谁都是友好的态度，说话总是习惯性地微笑，成绩又好，从心底表现出谦虚，或者说她从来都没有觉得自己有值得骄傲的东西，因此表现出的态度，被理所当然地当成了谦虚。尽管净是些不熟悉的人，但是当她们露出心事重重的神情，有意或无意地向周睽说起最近的烦恼，周睽还是会尽职尽责地充当着倾听者的角色。

周睽其实很不擅长倾听，这样说好像自己是个很麻木冷血的人，但是她每次都是怀着如履薄冰的心情倾听别人的苦恼。“你明明就没有好好学习啊！”周睽想说的是这样的话，“你明明连作业都不完成。”“如果不想好好学习，就拜托你接受自己的成绩！”“你怎么一直在迷茫啊？总是说自己想要做明星，你明明什么都没有做，只是想做轻轻松松地被大家喜爱的白日梦而已，拜托你，要想成为明星也至少做一点努力吧！”“物理老师不配做老师？你在说什么？不就是因为昨天上课他批评了你吗？上次语文老师批评你之后你也是这样说语文老师的，你一点都不记得了吗？”“我相信你很喜欢隔壁班那个帅气的男生，我也相信你的内在美丽，但是拜托你清醒一点啊，这世界上最不缺的就是把自己的无聊当成单纯的女生了！”

她就这样胡思乱想地看着璇哥，印象中璇哥并没有跟她倾吐过烦恼。事实上进入大学以来，几乎没有人再向周暌倾吐过烦恼。大家基本都和自己宿舍的人玩，一个班里二三十个人，彼此比高中一个班五六十个人的时候还不熟悉。

“怎么了璇哥，什么事情不顺利吗？”周暌主动发问了。很好，善解人意，关心同学。

“不不不，一切都太顺利了。地球还在转吗，周暌？”璇哥把枕头恶狠狠地砸向天花板，天花板再恶狠狠地把枕头弹回到她脸上，“我怎么感觉不到？”

“你真是闲的。生活总有一天，不，地球，地球总有一天会让你吃点苦头。”周暌语气可怕，同时心里松了一口气。

“吃点苦头吧周暌！”璇哥突然喊叫了一声，把枕头冲站在地上的周暌砸去。

“嘿！”周暌眼疾手快地抓住了枕头，要扔回去的瞬间改变了主意，扔到了阿姚床上。

“别，”周暌说，“我不想吃苦头，苦头留给那些愿意吃苦头的人吧，我希望我一帆风顺、四平八稳。”

“阿姚去哪儿了？”璇哥直直地躺在床上望着天花板，丝毫不关心她的枕头。

“不知道。”

“雪鹅呢？她又去哪儿了？”

“不知道。”

璇哥平常不怎么说话，游戏几乎占据了她课余生活的全部，她在网上结识了一群和她一样热衷游戏的小伙伴，她们志同道合。周暌隔几天的晚上就能听到璇哥在阳台上和别人聊天。

“那是谁？”阿姚每次都会问。

“我一个朋友。”璇哥每次都这样答。

周暌想了想说：“或许你可以找你网上的朋友聊会儿天。”

“好主意。”璇哥一脚踢掉身上的被子，笨拙地走了出去。

周暌把时樱的笔记本都收起来，继续看时樱的信。她感觉自己刚才的心绪有点断。

不过我既没能和编辑说出不想再写了的想法，也没有辞去班级和学生会里的职务。我只不过是那一刻被阿云打动了而已。

但是那一晚之后，一种负罪感像阴霾一样始终覆在我心上。我觉得我背叛了阿云，从那天扔给他一本漫画开始，一直都在欺骗他，只不过以前的我从没有意识到自己的虚伪。我天真又自以为是地觉得我和阿云是一类人，其实根本不是。我一面口口声声地说厌倦了麻木的生活和社交，一面是集体活动最积极的那个，最讨班主任和辅导员欢心的那个，社团里最受信赖的那个，我总是拼了命地讨好别人，甚至妄想获得别人的肯定和尊重。

后来写那些无聊的文章也是证明，我有利可赚，有网友和编辑不明所以的肯定。我明明告诉了阿云我想做一个了不起的小说家，想写出能被很多人读到的文章，结果却每天盯着电脑屏幕飞快地敲着键盘，写的都是明天被大家看到后天就被别的文章淹没的东西。

但不论是对网上的读者还是对学校的人来说，我做的事情足够让他们满意甚至称赞了。每次交完稿子，和同学一起在闹腾的聚会中喝了酒，负责了某项活动，参加各种比赛一路顺利地拿奖后，我都会对自己说："啊……好累啊，以后再也不干这种事情了。"

但是不可能，清晨一来临，我又会麻木地讨好这些早已令我疲倦的事情……

笔迹越来越潦草，像是在赶一件快要来不及的事情。到这里，这张信纸剩下的地方被整整齐齐地撕掉了。周睽又翻到下一张。

抱歉，撕掉了上一张信纸的下半张，我不想再写太多不值得称道的东西了，也希望不会扰乱你。

周睽，我第一次和你说话是在演讲比赛的时候，你应该还记得吧？但是在和你说第一个字之前，我已经遇见过你很多次了。虽然那次比赛你遇到的突发状况是我想不到的，但是我们的相遇是我坚信的事情，即使没有那次机会，也会有下一次。我第一次在读书分享会上见到你时，就恍然回想起了那天午后从窗口看到楼下阿云时的心情，我第一次向你搭话，是带着那时候扔给阿云漫画书的勇气。只不过这中间隔了很长一段时间，因为现在的我比遇到阿云时候的我更加犹豫，或者说，更加习惯隐藏自己。

还在读高三的时候，有一天我记在了日记里，日记一会儿就要被我扔掉了，其实不用日记我也能很清晰地记起，不过下面还是原原本本地用日记里的内容吧。

“今天照例和阿云去了旧书店，又买了一本雷蒙德·钱德勒的侦探小说，最近很痴迷这个作家。必须要小心一点，如果被班主任发现了，绝对会黑着脸没收的。对于班主任来说，大概除了四大名著，其他的书都是会让学生不学好的闲书。

回来的时候沿着河堤走，看见很多大爷搬着小板凳坐在河边钓鱼，一动不动地注视着波光粼粼的河面，宛如河边装饰性的雕塑一样。阿云突然问我以后要做什么。

河面上夕阳余晖投射的跳跃闪耀的光斑，城市里行人的身影在各种各样的建筑物间远远近近地交织晃动，共同构成的夕阳下的景色深深地印在我的脑海里，好像忽然唤起了我心里柔软且毫无根据的希望。

要是能改变世界就好了，我好像这样随口说出来了，但话一说出口就不好意思了。我问阿云想做什么，他说不知道，什么开心就做什么吧。

其实我大概真的是想改变世界的，我生活的环境，那条永远昏暗的街道。

我还是写小说吧，写小说可以让我坚持对抗这个环境吗？可以改变世界吗？阿云说，好好做事的人总是能改变一点世界的，只不过很多时候大家都没有意识到。

如果最后也不能改变世界的话，那我至少还要站在我讨厌的事物的对立面，半步都不会走过去。”

事实上，我早已经和我讨厌的事物站在一起，却浑然不知。我写了一堆像泡沫一样无聊且令人沮丧的文字，这些文字除了让我自己更加面目可憎，根本毫无用处，根本不能改变世界，只会让我自己变得更糟。呻吟可以得到更多的安慰和同情，甚至认可，所以才会有那么多的无病呻吟。当真正的呻吟听上去也像无病呻吟的时候，真正痛苦的人就会闭上嘴巴，保持沉默。

死亡在大多数情况下都不是一种解脱，很多人在根本不了解死亡的时候，冒失地扎入了这个可怕的深渊，为了赌气、逃避、惩罚、证明、威胁等等一系列个人情绪过多的目的。我们在逃离的时候，根本不知道逃离的前方到底有什么。

写这几句话的时候夜已经很深，我却写信写得毫无睡意，清醒得像是从来都不需要睡眠，这不是个好兆头，不过我现在也不需要什么好兆头。周睽，听我的，不要熬夜，熬夜伤身体，深夜躺着做的决定，第二天清早就会后悔，为了让自己少些无谓的后悔，早点儿上床睡觉，睡前也不要吃太多东西。

外面黑漆漆的，平日里总是亮得兴高采烈的霓虹灯，一到夜晚就像是陷入了窒息。你永远想象不到在夜色的掩盖下，这个城市究竟正发生着什么。没有人能写尽这世上的欢乐与哀愁，欣喜或绝望。话说回来，写下来又有什么用呢？可以让世界变好或者给人以慰藉吗？你看，就是在这样的世界里，只有让自己保持一点麻木，才有勇气迎接每一个日落日出。

戛然而止。

周睽重新翻了一遍前面的几张信纸，确定没有漏读的。这封信结束得有点突然，像是一段本来完整的话被人用剪刀“咔嚓”一声利索地剪断了一样。

为什么不向我倾诉呢？周睽闭着眼向脑海中的时樱发出提问，说不定有别的办法，我可以和你一起面对的，为什么要做出自己都否定的选择呢？

周睽茫然地抬起头，朝阳台外望去，光秃秃的树枝在蓝色洁净的天空里静止着。周睽觉得太阳的光线有点晃眼，像是从黑暗的地方突然走到了阳光下，她不由自主地眯起了眼睛。

她抓着那封信，像是抓着一块儿厚厚的逐渐融化的冰。

十一

该把这一箱子的笔记还回去了，周睽却迟迟没有给阿云打电话。每次打开手机里的电话本，手指在“阿云”上犹豫半天还是点了“退回”。

临近学期末，各科的课业都繁重了起来。为了不让那些在教室里坐了一学期，十分钟有八分钟看手机，一分钟找书，一分钟看着老师发呆的学生不至于全部挂科，尽职尽责的老师们开始在课堂上扯大了嗓门划重点，试图拯救一下无所事事的学生。

周睽大部分的课是听得极为认真的，笔记也做得一丝不苟。每学期也总有那么一两门无聊至极的睡觉课，周睽无论如何也听不下去，要说听其实也听了，但一节课上下来只觉得是脑子被水冲刷了一遍，整个脑子空然无物。这学期的大学语文对周睽来说就是睡觉课。那个年轻男老师总是把头发梳得一丝不苟，梳头发一丝不苟的人多得很，但是像他那样一丝不苟的人绝不多见，简直像是用画笔一笔一笔精心描画的一样，不论他如何摇头晃脑，那发型也是纹丝不动。相比于老师在讲台上大谈当今社会文学之式微，周暌更想了解他是怎么打理他的头发的。

考试之前的这段时间，周暌只有白天才能好好复习，晚上舍友要借走她的笔记本看复习重点。确切地说，是雪鹅和璇哥借，阿姚是绝对不借的。她基本上会好好做笔记，就算有的地方不太清楚，她也只会去找隔壁宿舍的同学借。周暌心里知道，只觉得好笑，有时候也会故意逗她，而阿姚也总是会黑着脸，闷声闷气地怼回去一两句。其实除了性子急，阿姚还是个很不错的家伙，有时候周暌甚至还挺喜欢她的。

这周的周三上完课，一直到下周一这四天都没课。周暌的妈妈知道了，就催促她回趟老家，周六是爷爷的三周年祭日。这就没有不回去的道理了，周暌本身也觉得该回去一趟，就买了张周三晚上的火车票，刚好在火车上睡一晚上，第二天下午到家。

爷爷去世的时候周暌在读高中，肺癌晚期，从检查出来癌症到去世，只用了三个星期。当时周暌读寄宿制学校，一个月回一次家。有次周暌回家的时候，惊讶地发现爷爷从老家来她家住了，爸爸的解释是爷爷最近身体不太好，要去医院检查一下，周暌听了只是点点头，没有太当回事儿。

再过了一个月，周暌调休回家，发现爷爷已经去世并且下葬了，葬礼也已经结束。周暌是坐在家里的餐桌上听到这件事的，她的反应也不过是点点头，然后吃饭，用沉重的神情默默回房间。像是一拳打在了棉花上，周暌知道那一拳的重量，心里却完全做不出反应，她一滴眼泪都没有，连伤感的心情都不够浓厚。她只是在回想，一个月前爷爷还在这里。她和他都说了什么？周暌刚推开家门，看见爷爷在沙发上坐着，他看着周铭一在他旁边翻画册，听见门响的动静就很自然地抬起头，朝门这边看了一眼，立刻笑了，皱纹随着神情的变化在他脸上生动灵活地游移。周暌似乎是头一次意识到老人的皱纹居然可以那么深。她喊了一句“爷爷您来啦！”爷爷“呵呵”笑了两声，似乎想站起来，但最后也只是从沙发上欠了欠身子。周铭一头也不抬地叫厨房里的父母，父母出来迎接周暌，家里热闹了很多，周暌就没有再和爷爷单独说过话。

周暌第一次失去亲人，却近乎羞愧地不疼不痒，相比于伤感似乎感慨的成分更多一点。她一年回老家的次数用一只手的手指数都绰绰有余，每次回老家都无所事事，陪着爸爸和周铭一窝在房间里看冗长无味的电视节目。老家的房子里面总是潮湿昏暗，散发着一股大衣柜里压了很久的旧衣服的气味。床上的被褥即使在大太阳下晒了一天，晚上也是一股挥散不去的霉味儿。还有两只警惕性极强的猫，像这个老房子衍生出的幽灵一样，在某个暗处一动不动地卧着，睁着绿莹莹的圆眼睛。

厨房是老式的大土锅，下面要不停地填进去柴火，还要“呼啦呼啦”地拉风箱。周暌很喜欢做个烧火的角色，只需要坐在锅台后面，坐在一个小板凳上，身后是堆得比她还高的柴火，柴火的内容随着季节而变化，枯树叶、干树枝、麦秸秆、玉米芯、劈好的干柴、玉米秆、豆秸秆等等。每种材料可以烧的时间也不一样。周暌很喜欢在心里打算着什么时候要填进去什么东西，然后“呼啦呼啦”拉风箱，看着漂亮的橙红色火焰在里面像丝滑纯净的绸子一样抖动，热气烘得脸颊红扑扑的。

这几乎就是周暌对于老家全部的记忆了。而爷爷，他像老家门口那块老树根一样沉默寡言，周暌关于他的记忆并不比老树根多多少。

周暌觉得这不是她的错，不能怪她。

由于决定回家这件事太匆忙了，她买了票之后才想起来阿云。要不要跟他说一声？周暌有点犹豫，她在心里算了算时间，周一回来之后，时樱那里的房子还没有到期，应该没关系吧。她这样安慰自己。

其实周暌还是不想和阿云打电话，她不知道该说什么，还了笔记本之后呢？她就没有理由和借口再去那里了。

周暌在大脑中长长地叹了一口气。晚上躺在床上，又开始漫无边际地思考将来，聆听大脑里的叹息。

其实有时候思考未来是没有实际用处的，因为就算你思考出了一百种可能和这些可能的应对方案，未来也不会按照你的想法发展。一个星期前的你，就无论如何也想象不到现在的你发生了什么。

比如周暌，即使躺在床上不眠不休一个晚上，她也想象不到第二天究竟有什么在等着她。

等待她的是一双白球鞋。在雪鹅的小鞋架旁边，散乱地放着几双鞋，上面都是薄薄的一层灰尘。雪鹅半个身子埋进衣柜中，大概是在收拾旧物。听到开门的动静，她从衣柜中抽起身子，看见周睽站在门边。

“怎么了？跟个木头似的？我这地上又没有埋宝石。”雪鹅动动嘴角，扯出一个揶揄的笑，“晚上一起去车站吗？我也回家呢。对了，小睽你买的哪个站的车票？”

“这是什么？”周睽抬眼看着她，表情似乎有点茫然，但没有一丝玩笑的意思。

雪鹅感到很莫名其妙：“怎么了？就是不穿的鞋啊，我趁机收拾一下，一会儿就扔掉。”说到这儿，她以为周睽是嫌她把角落里的灰尘和细碎垃圾都弄到地板上了，就摆摆手说：“哎呀，我一会儿会扫一下的。怎么突然这么小气啊？”说着雪鹅笑嘻嘻地拍了她的肩膀一下：“来帮我一把。”

“我是说这双鞋。”周睽拎起地上那两只白色运动鞋，是之前学校给运动员发的那种运动鞋，上面的鞋带有点违和感，白色偏灰，带着黑色的胶头。

周睽的直觉告诉她，那是她的鞋带：“这不是之前学校给运动员发的运动鞋吗？”

“嗯，总是会多订嘛，老师把多的送了我一双。”

隔壁陶子是学校运动员，她在陶子那儿见过这鞋，鞋后面带着学校的标志，鞋带都是白色的，胶头透明。

“这不是你的鞋。”她朝雪鹅直直地伸着手臂，把那双鞋放在雪鹅的眼皮底下。

“你说什么？”雪鹅露出真诚的困惑的神情。

“这是时樱的鞋。”

“呃……周暌？”

“这是不是时樱的鞋？”

“这不是时樱的鞋。”雪鹅像是在和一个脾气暴躁的小孩说话，语气柔和但充满肯定。这种游刃有余的语气让周暌突然很窝火，她恨不得把手中的鞋从阳台上扔出去。为什么这个人什么时候都是一种游刃有余的状态，简直和以前时樱在周暌脑海中的印象一模一样，好像什么都能轻松应对。

“时樱的鞋怎么会在你这儿？”周暌不依不饶。

“我说了这根本不是时樱的鞋。这是我的鞋。”雪鹅不愿意再和她纠缠，转过身去继续收拾东西了。

“那这根鞋带是怎么回事？别给我装傻，这是我的鞋带，这是运动会那天我亲手给时樱换上去的鞋带。”

雪鹅又扭过头，有点惊讶地重新看看那双鞋上的鞋带。

“你有什么能让我信服的解释吗？”

“嗯……”雪鹅从周暌手中拿过那双鞋，三五下就把鞋带扯了下来，“我不知道这是你的鞋带，那现在还给你。”

“少来打马虎眼了。时樱的鞋怎么在你这儿？”一向都是温和示人的周暌变得气急败坏，突然，她又想起了时樱房里那个带着“雪”字的帽子，像是被自己吓到了一样瞪大了双眼，惊恐地看着雪鹅，“给时樱替跑的人是不是你？”

“不是我啦！周暌你在干吗？午饭吃的火药吗？”雪鹅也生气了，把鞋子往地上一摔。

周睽看着雪鹅，那是无辜又气恼的眼神，没有半点掺假，周睽在她的这种眼神下突然泄了气，语气是无力般的平淡：“你们什么都不知道，时樱早就自杀了，老师和领导都装作什么都没有发生一样，你们也在这里跟没事一样嘻嘻哈哈，还问我在干吗。我在干吗？我也想知道我在干吗。”

“什么？”雪鹅惊住了。

“什么？时樱已经不在这个世界了，再也不用跟你们打交道了。”

沉寂了片刻，雪鹅又辩解似的喃喃道：“这不是时樱的鞋。”

“那这到底是谁的鞋？”周睽几乎是在哀求着逼问了，“时樱为什么会找人代跑？运动会那天我见到她了，她穿的就是这双鞋，另外一只鞋带胶头掉了，散得厉害，我怕她影响比赛，自作主张给她换了鞋带。如果是你的鞋，她为什么要穿你的鞋？”

雪鹅用看一个擦肩而过的路人般的、遥远而陌生的眼神看着周睽，周睽现在打心底讨厌那种眼神。

“因为那时候她的鞋在我脚上。老师本来是想让我替她跑来着。”雪鹅一边假装气定神闲地叠着柜子里的衣服，一边像讲睡前小故事一样开了口，“她突然说临时有事，必须要走，把负责的老师快气疯了，不管怎么说，她也不是身体不适什么的，马上就要比赛了，说走就走，确实太不负责任了。那个时候我们不是坐一块儿吗？老师把我叫走你是知道的，就是因为时樱突然要走。”

“为什么找你？”周睽还是处于一头雾水中，感觉和雪鹅说了很多，又好像什么都没说。她努力理清一下她那些没有实际意义的思绪，半晌才重新开口，“你能解释一下为什么时樱受处分吗？”

雪鹅不知道在想什么，可能是在犹豫要不要向周睽说出来，也可能是在犹豫怎么向周睽说。时间像是静止了一样，外面隐隐传来有人说话的声音，周睽身边空气稀薄，一呼一吸都沉重不已，一切都缺乏现实感。

雪鹅没有让周睽等太久，她像是不动声色地下定了决心之后才开口：“老师让我替她跑，我脚上最开始穿的那双鞋子，你知道，就是你见时樱时她穿的那双，鞋带有问题，根本不能跑步。我没跟时樱说替跑的事，只说我也要参加比赛，既然她不参加了能不能换换鞋。时樱给我换了，但后来我找了另一个同学替她跑，我没上场。就是这样，后来我们俩又把鞋换过来了，所以，你看好了周睽，这是我的鞋。”

雪鹅把运动鞋丢上鞋架：“时樱本来可以申请明年的公费留学，辅导员也说她很有希望……”雪鹅突然意识到这是一句无关紧要的废话，于是及时地掐断了：“你别问我那个替她跑步的人是谁，我不会告诉你，因为她没有错。我可以保证这完全是碰巧。说到底，一双鞋有天大的能耐也不会杀人，更没有人会仅仅因为一双鞋想不开自杀。恕我直言，周睽，我觉得你只是找不出什么关键的东西解释这件事，才在这里跟我钻牛角尖，纠结这双鞋的主人。”

雪鹅又轻又快地结束了对这个事件的讲述和评判，她说的话像是用毛笔蘸水写的字一样，在空中除了一点潮湿的气息，其他什么痕迹都没有。

仿佛这样显得太轻描淡写，雪鹅又沉重地补充了一句，不乏真实情感的例行公事：“我不知道事情会变成这个样子，非常抱歉，对不起，周睽。”

事情已经过去很久，早就被渐渐地掩埋了起来。昨天都已经是历史，更何况一个多月前的事。时樱在这个学校里是一个已经消失了的影子。

“怪就怪时樱偏不凑巧那天有急事，但是什么急事至于让她丢下比赛呢？”雪鹅叹了口气。

她再次转过身去，背影告诉周睽她不想再回来继续这个话题了。

周睽既无力反驳，也没有力气再纠缠下去，她走回自己的书桌，脚像踏在棉花上，脑袋像在棉花上缓慢爬行的巨大的蜗牛。门“吱呀”一声开了，阿姚欢快地走了进来，周睽也与现实重新连接上了。阿姚“叽里咕噜”地用她万年不变的话语吐槽着食堂万年不变的饭菜。雪鹅没有像往常一样时不时地插一两句打趣，而是一直心事重重地沉默着。从一楼的鸭血粉丝清淡无味数落到二楼的煎饼果子之后，阿姚迟钝的神经终于注意到了宿舍里不同于以往的奇怪气氛。

“周睽。”

“嗯？”

“中午吃的什么？”

被阿姚这么一问，周睽还真一下子没想起来她中午到底吃了什么。她靠在椅背上，感觉自己像个四肢松散的提线木偶。

“中午吃的什么？”阿姚逼问。

真是奇怪，周睽突然感到一阵紧张又恐怖，看不见的冷汗从身上流下，她半个小时前在食堂吃了什么？

“鸭血粉丝。”周睽像回答老师提问的学生一样回答。

阿姚“哦”了一声，坐在那里翻她的书。周睽眼神瞥过去，一本厚厚的词汇书，昨天她看的那本，坐在昨天的椅子上看的昨天的那本书。明天她还会坐在昨天的椅子上看昨天的词汇书，也可能换一本，说不定会换一本一个星期前的书。

明天的周睽，说不定中午吃的也是昨天的鸭血粉丝。

周睽叫了一声“阿姚”。声音在初冬的阳光里显得异常明朗，让人想到洁净透明的玻璃。雪鹅朝这边奇怪地看了一眼，周睽假装不知道。

“你是不是一个月以前的阿姚？”

“我不是一个月以前的阿姚。”阿姚也跟她装傻。

“你就是一个月以前的阿姚，你坐一个月以前的椅子，穿一个月以前的衣服，读一个月以前的书，你现在还在跟一个月以前就认识的人说话！”

“我不是一个月以前的阿姚，你也不是一个月以前的周睽。”阿姚装傻到底。

“这个比喻一点都没意思。”周暌皱眉，开始提现实的线让自己僵硬如木偶的身体活动起来。

空气带着漫长的过去的气息，沉默且缓慢地在这个小小的空间里流动。如果你总是想要拼命嗅出过去的细节的话，你一定会在现在的时刻窒息，而且无法稳步迈向下一刻，现实会变得摇摇欲坠，脆弱无比。

周暌还是不打算和阿云打电话。她现在是有很多想说的，但需要一些时间在心里整理一下。

就这样，周暌简单地收拾了一下要带的东西——其实她也没什么可带的——就背着一个背包走了。她当然没有和雪鹅一起走，也不知道她们是不是同一个车站，她们两个一直没有说话，在那段对话之后很长一段时间，日常的交流会有很大的违和感。等公交的时候，公交站牌旁边聚了一小群女生，穿着附近一所高中的校服，叽叽喳喳地讨论着坐哪趟公交，看样子是一起出去玩的。周暌的目光总是不由自主地被那群女生吸引过去，有一瞬间还把其中一个女生的侧影看成了时樱，周暌像在噩梦中突然醒来一样激动了一下。

女生上了来的第一趟公交，周暌从车窗里看着她，她拉着吊环站在车身中间，面对着周暌的方向，低头玩着手机。不是时樱，是个陌生的女孩。

最近有点神经质了，周暌提醒自己。

晚上七点四十的火车，上火车的时候天已经黑了。周暌喜欢晚上灯火通明的火车站，里面聚集着天南海北、形形色色的人，男女老幼，漂亮丑陋，拖着或多或少的行李，等着一趟列车载着他们离开这里，去另一个地方。周暌在候车大厅里找了个位子坐下，一边啃着因为在空气中暴露时间过长而发干的面包，一边出神地注视着宽阔的大厅里来来往往的人群。周暌每次都会为眼前的景象感到不可思议，你走在外面的大街上的时候，很难会想到，这样一个普通的夜晚居然有这么多人要离开这个城市。

面包的乏味抵过它充饥的作用的时候，周暌把它收了起来，看了一眼时间，五点十分。周暌的火车六点四十到站，还有一个多小时。冬天的黑夜总是来得很快，周暌朝大厅墙壁上的玻璃窗望去，那上面完全是厅内景象的反射——这就说明外面的天已经黑了。

“天黑得真快。”

嘈杂的环境中，一句轻语突然飘进耳朵里，让周暌一瞬间以为自己的心声漏了出来。她转过头，注意到身边坐着一个穿正装的大姐姐，正在冲她微笑——和她那身衣服很相配的，简直是营业式的微笑。

周暌机械地点点头，用几乎微不可察的声音“嗯”了一声，在座位上坐好，目不斜视。

火车来的时候天已经完全黑了，周暌在站台上快步寻找着自己的车厢，耳边尽是行李箱的小轮子碾过地面发出的“哗啦哗啦”声，时不时地冒出车站工作人员大声提醒的声音。其实周暌不大喜欢旅行，但车站的氛围却总是很吸引她，短暂的时光，擦肩而过的陌生人，从不同的地方来的列车，在站点停靠，一些人下，一些人上，然后去向下一个站点，最终到达目的地。这一切都莫名地吸引着周睽，带着一丝稍显幼稚的浪漫气息。

陌生的人群是车站的灵魂。

周睽喜欢身处陌生的人群，这种场合不会让她感到丝毫的压力。反正你和周围的人只是擦肩而过的关系，即使和周围的人说上两句话，也纯粹是为了缓解旅途的乏味沉闷，而绝非是为了人际关系的拓展或者谋求某种隐藏的长久利益，你不用想着在一场对话中迎合别人。

而且，周睽还有一个小小的、有点可笑的秘密，那就是，在陌生的地方，即使做些稍微奇怪点的事情，在熟悉的场合羞于去做的事情，也是可以的。比如说发呆，如果在你熟悉的地方，比如说在教学楼的某间教室或者宿舍的阳台上，如果你坐在那里，除了偶尔看看手表喝口水，其他什么正事也不干，只是呆呆地坐了三四个小时，如果这样做的话，一定会有人向你投来奇怪的目光，怀疑你脑子有问题，你的室友或者同学很有可能会忍不住上前询问你究竟发生了什么事，你一定要对你的行为作出一个合理的解释。

但是在陌生的地方，这种顾虑就会减少很多。晚上六点多的火车，有时候周睽在学校吃过午饭就会去火车站，单纯为了享受在喧嚣热闹的火车站里自由无拘束的感觉。发呆也好，折纸也好，看漫画书也好，在手机上玩黑白棋游戏也好，无论做什么，都有一种自由的感觉。周睽想，古人所谓的大隐隐于市，说不定就和自己在火车站里的感受差不多。

周睽几乎不怎么旅游，平常去的地方最远也不超过地铁的运行范围，除此之外就只是假期的时候，在家和学校两地来回。长途巴士、火车、高铁、飞机，她都试过。长途巴士最便宜，还省去了转车的麻烦，但是一天只有一班车，耗时太久，在座位上坐一整天，浑身的骨头都不舒服。高铁和飞机花费差不多，虽然在时间上比飞机多了一个多小时，但比飞机方便，最起码去高铁站就比去机场方便很多。飞机需要坐三个小时，高铁大概四个多小时。火车的选择比较多，周睽最后对从家到学校和从学校到家的一来一回分别确定了两个班次的火车——都是晚上出发，第二天早上到达目的地。她喜欢这种确定的感觉。

买了卧铺，在火车站的候车厅消磨了时间之后，就可以盖着被子好好地躺下睡一晚上，从窗帘的侧边的缝隙看到外面的风景，夜色里远远近近的灯火，有时候是大片黑压压的农田，农舍里漏出的微弱灯火散落其间。周睽迷迷糊糊地躺着，过了一会儿，旁边忽然多了好多人，有站着的、坐着的、蹲着的，三三两两，有个地方贴了一张大大的白纸，上面密密麻麻写着字。周睽隔着人群，看不清上面到底写了什么，在候车厅遇到的那个向她搭话的大姐姐，突然冒了出来，热心地念给她听。

原来是一个问题，答案是选出一句诗，周睽很有把握地答了一句诗。

一个一直在旁边沉默的少年摇了摇头，指出来答案其实是另一句。

好奇怪，周暌想，怎么会是那句诗呢？

少年简洁地解释了一下，不愿意浪费过多的言语，依旧沉默。

周暌还是不懂，或者说，也不知道自己懂不懂。

他也不再解释，过了一会儿，他一言不发地走了。周暌赶紧跟了上去。他带周暌去了一个布局很像日本寿司店的地方，端上来的菜却全是中餐。

那个料理店总是关着门，食客全是和男生差不多年龄的人。老板是个很了不起的人物，大隐隐于市。

端上来一碟老板炒的青豆，完完全全的中华料理的样子。周暌不喜欢豆类。

沉默的少年坐在周暌旁边，周暌很小心地夹了一颗豆子，吃了下去，意外地美味。

周暌正想告诉少年青豆很好吃的时候，老板在昏暗的店里却托起了腮，带着忧郁的神情告诉食客们这个店即将不存在了。

食客愕然，继而大闹起来，杯碟碗盏乱成一团，掉在地上摔成一地碎片。灯光下人们的黑影纷乱交杂，周暌的眼睛被晃得几乎睁不开，不知是灯光的缘故还是黑影的缘故。

少年还在沉默地吃着他面前的食物，周暌在他的影响下，在闹腾的人群中渐渐安静了下来，老老实实地吃青豆，美味的青豆。

然后是一段混乱无秩序的斗争。

不知道过了多久，周暌又和少年回到店里来。店里很冷清，布满灰尘和蛛网，还有寂寞的夕阳光线，没有老板也没有食客。少年要收拾东西，然后才能离开这个地方。周暌就帮他收拾东西。

其实整个过程少年都在沉默，但是周暌能听见他想说什么。

店门紧闭，曾经的食客在门外不知疲倦地叫嚷，他还是听不见的样子，沉默地清理着店里每一处地方。门外刺耳的聒噪越来越大，紧闭的门板和墙壁都开始震颤起来，似乎随时都会轰然倒塌。周暌感到不安，她决心一直这样站在少年身边。

周暌忽然惊醒，她的身体紧紧地绷着，像一根快要断掉的弦。火车依旧寂静，只有车底“咣当咣当”的声响，偶尔有铁道旁的灯光从窗帘的缝隙照射进来，一瞬间就消失在了火车后面遥远的黑夜。

周暌坐起来，从梦境延伸至现实的对少年的心动依然存在。奇怪的感觉，周暌并不讨厌，她甚至不太敢动弹，想尽力去维持那种感觉，反复地体会它。

“我从来没有在现实中有过心动的感觉。”这句宣判一样的话从周暌脑海里冒出来，像一只冰凉柔软蠕动着的虫子，突然带给周暌一种毛骨悚然的感觉。心动消失，周暌完全进入了现实。

怎么回事？周睽想，怎么莫名其妙在火车上的梦里，对一个陌生人动心了？明明是现实生活中活了十八年还没有喜欢过一个异性的周睽。这不是她第一次注意到这个事情。她第一次注意到这个事情是一年前，进入大学之后没多久，和班里的几个女生一起聚餐。周睽实在不想去，不去又显得不近情理，只好随大家一起去了。

“周睽呢？周睽讲讲你的故事！”雪鹅坐在她旁边，用胳膊肘戳她。当然那个时候大家还叫她雪儿，她们的关系还没有亲近到给对方取外号。

一桌的视线都聚集过来，对准周睽这个点，让周睽想起小时候用放大镜聚焦太阳光，在白纸上灼出洞来，还会冒一缕烟。

“我？”周睽勺子里刚舀出来的汤陷入了进退两难的尴尬境地。周睽知道她们期待的是什么。讲一个故事吧，关于男生，关于老师，或者，关于这个年龄陌生又挑逗的情爱——尽管这些姑娘谁都不会轻易去尝这个禁果，但不代表她们不感兴趣。

“饶了我吧，我可没什么故事。”周睽笑笑，盛着汤的勺子还在面前的空气中停着，她几乎能感受到那一勺汤慢慢冷掉的过程。

“你这就不够意思了！”对面的阿姚不满意地嚷嚷——当然那时候她也没有阿姚这个称号——她酒喝得稍微多了点，情绪莫名其妙地高涨，阿姚痛心疾首地摇头晃脑，“我把我的罗曼史全讲给你们听了，结果你们对自己的事儿支支吾吾的。太过分了！虚伪！”

全桌的人都被扣上了“虚伪”的帽子，这下周睽有点罪过了，虽然她刚刚确实没有听到阿姚的罗曼史。她在走神，一边喝汤一边走神。刚刚走神的时候想的什么来着？周睽脑子一片混乱。但是没有时间给周睽整理脑子里乱成一团的思绪，大家正善意地起着哄，等周睽说点儿什么。虽然周睽知道如果真的什么都不说的话，同学们也不会逼她，但是，周睽在开学之前就下定决心，要在这个新城市里努力和同学们建立一个正常且良好的人际关系。

去吧，周睽，快点啊，去和她们说话，说点有趣的事情，如果没有，编造一个也要说出来。

周睽头皮发麻，还没等她想出来什么，阿姚已经在自顾自地开口讲她第一次暗恋的男生了。她叹了口气喝下那口凉掉的汤，毫无美味可言，然后心不在焉地听着阿姚第一次暗恋的男生究竟是什么样子。

白衬衫，笑容帅气，成绩优秀，会打篮球。

还真是全世界暗恋的模板。周睽吃得太多，现在已经毫无胃口了。她胃里还灌了很多果汁，不过幸好不是酒精。周睽对酒精有着近乎偏执的厌恶。酒精会让情绪无中生有，让浅淡的情感夸大泛滥，让理性被掐得说不出话来。

没有喝酒的周睽大脑冷静地听着别人的初恋故事，意识到这个热闹的包间里只有自己毫无故事可以贡献。周睽心里稍微有点惊讶，是面向自己的那种惊讶，因为头一次意识到自己寡淡的经历和略显冷漠的生活态度。

还是雪鹅打断了她的胡思乱想，她又用胳膊肘戳她，戳得小心翼翼，因为她手里端着一小杯酒，晶莹剔透的玻璃杯里微微晃动着淡粉色的透明液体，在灯光下闪着漂亮的光泽——那是什么酒？周睽脑子里一瞬间闪过了这个无关紧要的疑惑。

不知是酒精的作用还是气氛的作用，雪鹅光洁的脸颊泛起了淡淡红晕，她那样子好像要和周睽干杯一样，周睽当作一个善意的玩笑去迎合她，笑着端起盛果汁的杯子，轻轻地碰了一下雪鹅的酒杯，然后啜了一口早已喝腻了的果汁。在她啜下那一小口果汁的时候，她清晰地听见雪鹅带着一点不甚清醒的笑意，声音低沉地说："你这样可是得孤独终老了！"

周睽惊讶地扭头看了她一眼，看见雪鹅的醉意，就松了一口气，歪着头好脾气地笑笑。那时候她们彼此还有点陌生，和陌生人打交道，周睽宁愿保持沉默也不肯说一句错话。

不知道为什么，周睽在深夜的火车上又想起了雪鹅说的那句话，简直像一句诅咒。后来周睽向雪鹅抱怨过这件小事："吓我一跳，我跟你都不怎么熟，你突然阴沉沉来一句让我孤独终老，我都不知道怎么接你的话。"

"我说过吗？"雪鹅一脸真诚的无辜，像是在听别人的恶作剧一样好奇地笑了，"我可能是有点醉吧。你知道我酒量不行。"

搞不好真要孤独终老了，周睽悲观地想，又自嘲，拉倒吧，二十岁不到整天想的事情都这么老气横秋的。

她翻出背包喝水——确切地说，是果汁饮料。周睽拧开瓶盖喝了一口，冰凉的液体顺着喉咙流下去，甜腻的味道还粘留在嘴里，很不痛快。周睽懊恼地把饮料塞回背包，在失眠且无所事事的夜晚，她的味觉被一口甜腻的饮料无限放大。最后周睽不得不去洗手台漱漱口，漱口的时候她发誓这辈子都再也不喝饮料了。

周睽看了一眼手机，凌晨两点半，没有人给她发消息，凌晨两点半大家都要睡觉。这列火车还醒着，在夜色中不知疲倦地奔向它的目的地。周睽就在这列火车上，等刚刚不小心被切断的睡眠大发慈悲地回来，顺便等天亮抵达这个世界上最熟悉你的地方，那里还有一堆人，他们熟悉你的过去，拉扯着你的未来。

十二

尽管周暌再三拒绝了家人来接，还是无济于事。

“姐姐！”周铭一第一个在熙攘的人流中发现了那个熟悉的身影，兴奋地跳了起来。

周暌循着声音望去，看见了她的家人：爸爸、妈妈、弟弟。他们正兴奋地朝她挥手，周暌被他们热烈的情绪所感染，也露出了一个大大的笑容，快步走过去。

“我还以为看漏了，等半天都没看见你出来！”妈妈伸手摸了摸她的大衣袖子，“穿得有点薄了吧？冷不冷？家里这边降温了，这几天一直在刮风。”

“我不冷，妈。”周暌笑笑。

“就背了一个包啊？”

“嗯，过两天不得又回去嘛。”

“咱们去吃饭吧。”爸爸忍不住打断了母女两人，语气很是兴奋。周铭一也围在姐姐身边咧着嘴笑，周暌觉得他好像快比自己还要高了，不知道从什么时候开始，他的身上几乎感受不到了小孩子的稚气。那是当然了，明年周铭一就要读高中了。

周睽头一晚一直做梦，没睡好。在火车上还好，一下了火车大脑就昏昏沉沉的，想赶紧回家休息，但是看家人都兴致很好的样子，也不好煞风景。他们在街上吃了早点，在爸爸的要求下又逛了街。周睽在各个店铺里眼花缭乱地转到快十一点，她感觉肩上的背包越来越沉，肩膀都要被勒得断掉了，终于忍不住说想回家。在爸爸的劝说下又去火锅店吃了午饭才回去。

一直到妈妈的钥匙插进门锁里，“咔嗒”一声打开家门，周睽才想起来她是为了爷爷去世三年的忌日回来的。

家里很安静，空气中满满的都是熟悉的日常生活的气息，家具和物件挤得满满当当又井然有序，陪伴着这个家里的人度过一个又一个春夏秋冬。

周睽长出了一口气，把自己重重地丢进沙发里，身子在沙发上稍微弹跳了两下，然后彻底放松了下来。周铭一跟着爬上了沙发。

“你今天不去学校上课吗？”周睽突然想起来今天是周四。

“你说你弟弟？”妈妈在厨房里大声回答，“他今天晚上学校有文艺汇演，今天要整理会场，学生不上课，晚上再去。你爸那学校今天上午没课。”

周睽“嗯”了一声，也不知道妈妈听没听见。她继续瘫在沙发上放空自己，听见周铭一在旁边翻书的声音，头动都不动，问道：“你在看什么？”

只听见周铭一含糊地“嗯”了一声就没了下文，跟周睽以前一样，看书的时候不管别人说什么都只会“嗯嗯唔唔”地应付过去，当然那只是周睽以前。现在的周睽目光飘忽地看着前方的空气，有一瞬间感觉他的声音像是一个很小的小男孩。过了一会儿，周睽扭头看向他手中的书，惊讶地发现是她高中的时候买的福克纳的小说《喧哗与骚动》。这本书本来好像在周睽的小书柜最下面那一层。

周睽似乎在酝酿话语，又过了一会儿，她明知故问：“从哪儿弄的书？”

“嗯？”

“书是从哪儿拿的？”

周铭一抬头看她一眼，视线又回到书上：“从你房间里拿的。”

“你进我房间了？”周睽“腾”地坐了起来，语气很硬，话说出来就有点后悔了。

“妈让我拿的。”周铭一不大高兴地说，拿着书回房间了。

周睽站了起来，冲着厨房大声喊：“妈！”

“怎么啦？”从厨房飘出来的声音有点不耐烦，妈妈肯定已经听到了姐弟俩刚才的谈话。

“你是不是动了我的书柜，把我的书拿给周铭一了？”

不是这样的，周睽说了这句又后悔了，她生气的不是周铭一看她的书。她在说些什么？刚回家就闹不愉快。

“你买那么多书，也不看，就放那喂虫子啊？”

“我不是不在家吗？我总不能把这么多书都带学校去。”

“对啊，你不在家，你弟弟又想看书，正好就给他看看，怎么了？”

“不是。”周睽的语言在舌头尖上乱成一团，不知道该说什么，她感觉对话正在朝一个莫名其妙的方向发展。

“不是。”周睽停了一会儿又说，“我不是说不让他看，我是说你怎么能去翻我的书？”

“我是去给你收拾房间的好吗？你半年回来一次，房间里面落的都是灰，等你回来又得抱怨。”大概是什么不锈钢之类的锅碗瓢盆在厨房里碰撞，发出了响亮的声音，像是给两人的对话增添一点气氛。

“我不是那个意思。”周睽辩解，“就比如说，如果我随便拿你的东西，你会高兴吗？”

“我跟你说多少遍了，我就是去收拾一下你的房间，看见你书柜那么多书，正好你弟弟整天吵着要买书，就让他拿两本看了。他是你亲弟弟，你就这么护着你自己的东西？”

“我哪有整天吵着要买书！”周铭一不满的声音隔着房间门甩出来，“我姐姐以前买那么多书，你看我有多少！我现在看她的旧书还不让。”

“谁说不让你看了？”爸爸的声音也从书房传了出来，“别吵了行吗？”

四个人四个地方，谁都看不见其他人，谁都得大声地喊出来才能让彼此听清自己的情绪，听清是一回事，听懂是另一回事。

周暌泄了气，一屁股坐回沙发，陷入了疲惫的沉默。她的大脑像灌了铅一样，木木的，钝钝的。“你们在说什么呀？”周暌小声嘟囔了一句，立刻就被周围的空气所淹没，极具生活气息的空气，最擅长掐死一个人的情绪。

好像还是错在自己，周暌疲软地靠着沙发，仰头看着天花板。要是自己最初不问那一句，就没这么多事儿了。

她总是为自己说过的话后悔，如果没有把某一句话说出口，后面的一系列事情就不会发生，生活就会是另一个走向。

刚进家时放松的感觉荡然无存，疲惫无力感像洪水一样突然涌上来。但是这时周暌才真实感受到了她是在家里，这种感觉对她来说很熟悉，比最初打开家门时，看到的这些一成不变的家庭场景还要熟悉，熟悉得好像从来就没有离开过。

周暌猛然想起了那天晚上时樱对她说的话，其中有一句，突然像月亮浮出了水面一样在脑海中清晰起来。

时樱站在门口，背对着身后的灯光，看不清她的表情，只听见她带着犹豫的语气，很突兀地说：“其实……”

其实什么？周暌像是想起了从她眼皮底下漏掉的、一根应该被收到别处或者丢进垃圾桶的线头。她不知道这个线头是从哪儿掉出来的，只知道它很突兀地出现在了不该出现的地方。

没有上文也没有下文，到底是其实什么？周暌没有问她。回想起那天晚上，虽然不是很愿意承认，但周暌明白，自己肯定是故意不去问她的，故意避开某些东西，秘密或者苦衷。

周暌起身，把一只桌沿边上的杯子往桌面中心推了推，推到一个安全的位置，然后提着背包默不作声地回了房间。

她关上门之后打开了背包，从里面翻出时樱那封厚厚的信，又从头读了一遍。她还带回来了时樱的最后一本笔记本，没有写完石川啄木的诗的那个笔记本，还有从图书馆借来的石川啄木的诗集。

看完信之后，周暌把它收进书桌的抽屉，想想又放回了背包里面。大脑持续昏沉，她只好爬上床午睡一会儿。窗外的天也不知道什么时候阴了下来，空气中带着点潮湿的雨气。周暌躺在床上，装有信的背包就搁在房间角落的地板上，像一个阴郁忧伤的独眼，在角落里默默地注视着她。

周暌就在这注视中昏昏然睡去。

最后是被手机吵醒的。周暌勉强撑着身子坐起来的时候感觉头痛欲裂，她拿过手机，是陌生号码，周暌想都不想地挂掉了。挂掉之后起身穿鞋，身子僵硬得像是秋天的树一样，笨重、麻木、缺乏活力，大脑比午睡前更加昏沉。房间外听不到一丝声音，窗外的风也是静止的，静得让人怀疑地球停止了转动，全世界只剩下了自己。

坐在床边系鞋带的时候手机又响了，还是刚才那个陌生号。大概是谁记错了电话号码吧，周暌想，就跟这人说一声打错了。

周暌丢下还没系好的鞋带仰面躺在床上，按下接听，闭着眼说："你好。"

电话那头停顿了一秒："是周暌吗？"

“谁？”周睽糨糊一样的脑袋根本无法思考。

“是周睽吗？”

“哦，是。你好，我是周睽。”周睽睁开眼又坐了起来。

“我是阿云。”

“你是阿云？”周睽清醒了很多。她站起来，在狭小的房间里不安地走来走去，几乎没有脚步声，简直敏感得像一只碰见了风吹草动的猫，却不知道在警惕什么。

“你换号码了？你是阿云？”

“我是阿云。”有很轻的笑声，“是真的阿云。”

“啊，你好，你好。你……给我打电话有事吗？”

“是这样，明天我要离开一段时间，下周三回来，我把这边最后的东西处理一下，下周三下午到周四中午都会在家，然后周四下午就要走了。”阿云又停顿了一下，那短暂的静默似乎是在等他自己开口说话一样，“我的意思是，除了那两天，其余时间你来的话，可能要吃闭门羹。”

周睽望着窗外阴沉的天空，云层像是有浅淡的墨水在里面洇开了一样，阴郁湿沉。她一动不动地盯着云，握着手机的手神经质般地微微抖动，周睽越是努力控制那只手，颤抖得就越是厉害。“明白了。那我下周把笔记本还给你，这两天实在没有空。”

“好，那我下周等你。”

“喂？阿云，”周睽突然问道，“你看过石川啄木吗？”

“嗯？你是说那个石川啄木？”他有点懵，语气好像是他认识很多石川啄木似的，不过世上的确有很多石川啄木。

“哪个石川啄木？”周暌反问。

阿云很愉快地笑了：“你在看石川啄木？我在外面散步。”

“散步？”周暌看了一眼放在桌上的手表，“下午四点多散步的人可不多。”

“是啊，都在上课上班，没事的人一半回家做饭，一半回家等开饭。”周暌才注意到手机里始终有远远的嘈杂声，直到一道格外响亮的喇叭声从众多嘈杂声中破出来，他应该是在大街上。

“你在大街上？”

“嗯。”阿云忍不住感慨一句，“外面风特别大，我是被风吹着走，你可不要出来。”他不知道周暌此刻根本不在那个城市。

“我不出去。”周暌走到阳台边，把阳台窗户打开一条缝，没有呼啸的北风猛然吹袭进来，冷空气是像水一样漫进来的，一样沁骨的寒冷，周暌打了个冷战，又把窗户关上了。真的是冬天了。

“你知道寒武纪的生物怎么避寒吗？”

“不知道……厚厚的脂肪和毛发？”

“唉，咳咳，寒武纪哪有那种，咳咳，我也，咳，不知道。”阿云像是被迎面的风呛到了一样，声音断断续续的。周暌不禁好奇他到底要走去哪里。

“你刚才说石川啄木？”阿云又问。

“哦，对。”周睽刚刚被阿云一打岔，都忘了要说什么了。

“石川啄木怎么了？”

“时樱抄石川啄木的诗集，只抄了一点，剩下一大半笔记本都空白着。我能接着写吗？”周睽问，“我最近没事，想抄一下。”说完周睽又后悔了，刚刚明明说这两天没时间的，现在又说没事。

阿云根本没有在意这一点，他又在咳嗽个不停：“随便你吧。”

“那就随我便了。”

阿云在电话那头若有所思：“嗯……”听上去像是周睽把小石子扔进水塘里泛起的沉默的涟漪。

“阿云？”

“我现在，咳咳，我现在离开了学校，正在去时樱家的路上。”电话那边很嘈杂，阿云的声音又断断续续的。周睽听得稍微有点吃力。

“去时樱家？”周睽脑海中首先浮现的是那个地上堆满了东西、墙上贴满了画的地方，她把这个印象抹去，根据时樱信里的描述，想象出那天在那条街道上看到的很多商铺的样子，破败落寞，布满灰尘。时樱长大的地方就在其中一个门的后面。时樱的身影曾在那条被旁边光鲜亮丽的大楼剥夺了很多阳光的、昏暗的街上游荡。

“她那个时候，不是还留下了钱吗？我得去还给她爸。”

“嗯？”周睽心情复杂，不知道说什么好。时樱的爸爸？就是信里那个爸爸？她立刻又说：“随便，我想时樱是把东西都交给你处理了。”

阿云轻笑一声：“是吗？”

周睽意识到自己说话的方式有点不对，很快又用明朗的语气掩饰不安：“我肯定说错话了，我道歉。”

阿云又笑了：“没事，我也总是说错话。”

周睽站在阳台的窗前，看着灰蒙蒙的天和居民楼。电话突然陷入了嘈杂中的沉默，电话那头的杂音好像突然放大了很多倍，潮水一样拍击着周睽的耳膜，那里面丝毫没有阿云的声息，像是他消失了一样。

“我是真的很难过。”半晌之后，周睽开口，嗓子有点哑，鼻子酸酸的，“时樱给我写了一封信，也给我讲了你的故事，她说你对她非常重要。”

电话那头依然只有杂音。

“有一次她想向我说些什么，但是没有继续说下去。”周睽对着那头的沉默继续说，像是自言自语，“一定是我拒绝了她，用我自己都没有意识到的方式拒绝了她。”

“我还想告诉你关于时樱的一件事。”周睽终于说出了这句话，一大滴眼泪忽然掉了下来，发出一声轻微的“啪嗒”声，周睽蹲下身子，用右手的食指抹了一下，地板冰凉。

“什么？”

周睽想把那天雪鹅告诉她的事情说出来，但现在听到阿云这样的回应，突然有点说不出口。她不确定阿云到底想不想知道那些事情。

周暌言简意赅地把雪鹅的话转述了一下，很快就说完了。周暌自己都有点惊讶，她本来没想到自己会把事情描述得这么简单，而且不痛不痒，没有一丝多余的感情。

“过去好长时间了。”阿云长长地呼出一口气，与其说是叹息，更像是吐出了积压的胸中块垒，“多少天了？一个多月，大概四十多天了吧？该死，我连最近什么日子都不知道了。时樱离开之后，我在医院里开了张证明，然后找我的辅导员休了学。除了出来买点吃的保证不会被饿死，我几乎没有出过那个地方。只要在那个房子里，我就有很多事情做，画画、读以前的书、做纸雕、用黏土和树脂做人偶，后来没有黏土了，就把书撕掉，泡在水里捣烂，搅拌成泥一样的东西，继续捣鼓。我没有父母，有血缘关系的人在我满十八岁之后就当我不存在。没有人把我从那个房子里拉出来，叫我回到外面的世界去。时樱曾经在很长一段时间里充当了我和外界维持平衡的纽带，可是我们谁都没有意识到，等到纽带断掉了，我才发现，我一个人是完全无法保持平衡的。”

周暌不知道说什么。阳台外面下起了毛毛细雨。周暌感觉房间里的空气有点闷，就找一件暖和的针织衫披上，又打开了窗户。雾一样的雨水濡湿了窗台，还有窗台上的绿植，叶子在雨水中青翠欲滴。

“我自身的一部分，大概是随着时樱的离去一起崩溃了。”阿云又忍不住咳嗽了两声，周暌几乎能看到他单薄的身子因为咳嗽而剧烈地抖动，“不过，说实话，那间房子虽然是最能包容我们、最能让我们保持平衡的场所，但我每次身处其中，既为这平衡感而感到庆幸，又时不时会感到不安，因为那个地方好像太过于理想化了，随心所欲，没有框架，缺乏对于世间来说正常的生活气息，简直就像一个真空无菌的环境。这是不可能长久的，过于正确完美的事物是绝对不可能长久的，总有一天它会突然崩塌，在我眼前变成废墟。而造成它崩塌的将是我和时樱中的一个人，最先在真空无菌环境和外面的世界之间出现问题的那个人。我设想过无数种可能，其中有一种是我们一直这样生活，直到很多年后衰老或者疾病让我们离开这个世界，在离开世界之前一直都维持着我们的无菌空间。如果我知道事情会变成这个样子，我宁愿当初没有认识她。”

“不是这样，阿云。”周暌大脑混乱，但说得斩钉截铁，“时樱变成这个样子绝对不是你的错。不论是你还是时樱都没有做错什么。”

阿云半开玩笑半认真地说道：“老实说，之前第一次见你的时候，我把你当成会把时樱完全带到外面世界的人了，我觉得你会破坏那个房子里营造出来的平衡。”

“我是破坏者吗？”周暌笑了，“外面的世界不好吗？”

阿云一边笑一边抑制不住地轻声咳嗽：“你不是，咳咳，你不是破坏者。”

“你还好吧？”周暌觉得他咳嗽得太厉害了，都快喘不过气来了。

“我现在真是不太好。”阿云说，“我现在吸的不知道是多少年前的灰尘。我感觉这条街上的空气里全是灰尘。这里确实住不下去了。”

“你在黎明街区？”周暌警觉地问。

“我？”

“没关系，你不想说也可以，我也不会像上次那样没头没脑地找过去。”

“上次确实是挺没头没脑的。”

“你吓了一跳？”

“当然吓了一跳。两个星期以来不是在房间里闷头做事，就是在大街上漫无目的地闲逛，见到的全是陌生人，几乎没有说话，在便利店也只是默默地把东西递过去然后付钱，简直像个人间孤鬼一样，自己都把自己当成空气了。”

“还是个活生生的人嘛。”周暌无声地叹了口气。

“总之好歹活到了现在。我已经有一年没有和亲戚联系了，办了休学手续之后也没有必要告知他们，我想他们也不对我的事情感兴趣。总之前几天找到了一个打工的地方，过段时间就可以去了。”

“很远吗？”

“不远，还是在这个城市。我好像也不是特别想离开。是一个旧书店，高中就经常去的一家店，老板跟我和时樱都比较熟悉，刚好他们又一直缺店员，我去问了老板，老板很乐意我去待一年。”

是时樱信里提到的那家经常去的旧书店吗？周睽想，但是没有问出口。“在旧书店里打工，应该挺不错吧？”

“嗯，我本身就是那家旧书店的常客，对店里的情况都比较熟悉。老板人很好。除了旧书店还要经营旧书店旁边的奶茶店——单靠旧书店挣不了多少钱嘛。”

“好像很适合你的样子。”周睽吃吃地笑。

“什么适合我？”

“旧书店，好像很适合的样子。”

“但愿吧。”阿云说，“要是没什么事，我先挂了。我马上要到时樱家了。”

“嗯。再见。”

“再见。”

周睽放下手机，长长地松了一口气。

一下午都在无聊中度过，周睽翻了一遍又一遍书柜里中学时代买的书，一边翻一边听着耳机里不知名的摇滚，嘶吼的不知是哪个国家的语言，除了情绪，其他什么都听不出来。我什么时候开始听摇滚了？周睽暗自纳闷。

站在塞得满满当当的书架前，看着自己曾经在不同的时间段买来的书，像是在看自己的历史一样。要不把它们也都卖掉好了，周睽突然萌生了这个念头。不过附近好像没有收购旧书的。

晚饭一如既往，吃过晚饭，周睽一家去周铭一的学校看他们的文艺汇演。让周暌惊讶的是，周铭一居然表演了相声，还是逗哏。印象中那个腼腆瘦小的男孩儿，和搭档一起穿着土黄色的大褂，周暌眯起眼模糊地去看，高高瘦瘦的身影，语气中虽然时不时露出青涩，但是一举一动都算有板有眼，毫不怯场。整个表演周暌的视线都在周铭一身上，一边注视着他，一边仔细回想以前她所熟悉的那个周铭一，越看越觉得台上的身影陌生。她此刻才意识到，自己根本不了解这个小自己四岁的弟弟，她每次回来，都只会象征性地问问周铭一学校生活还顺利吗，周铭一有时候也会讲点学校的趣事，但大多是关于同学，而不是自己。周暌从来不会注意到这一点，大概是因为，她本身其实对周铭一的学校生活并没有太多兴趣，问那些问题不过是出于一个姐姐的自我安慰。

等到反应过来，周铭一的表演已经结束，掌声如潮，淹没了周暌的思绪。父母满是骄傲和自豪，一个劲儿地鼓掌叫好。周暌附和地拍着手，为自己的冷漠感到悲哀。

“我要回去了。”周暌对妈妈说。

“回去？”

“我想回去了，已经看完周铭一的表演了。”周暌从来都是叫周铭一全名，习惯了，从她嘴里说出来挺顺口的。但是不清楚情况的人，头一次听到周暌喊弟弟都是喊全名，多多少少会感到惊讶。

“你别老是这么扫兴好吗？”爸爸皱着眉头，不满溢于言表。

“看完再回去吧，等着你弟弟，我们一起回去不行吗？”妈妈也在劝她。

“我困了。”周睽像是反驳又像是解释，“昨晚在火车上没睡好，我先回去了，明天不是还要回老家吗？”

父母都知道她有失眠的毛病，虽然怀疑这只是周睽的借口，但也没再说什么，让她回去了。

怎么回事儿？周睽走在入夜的街头，搞不清楚自己在想什么。她有一瞬间恍然把眼前的夜景错看成了读大学的城市的夜景，好像自己还在八百公里外的那个城市的夜晚，和时樱一起漫步的那个夜晚。仿佛只要她一扭头，就能看到时樱熟悉的侧影，只要她轻轻叫一声“时樱”，就能看到时樱应答时露出笑意的眼睛。

周睽到家，摸出钥匙，钥匙插进锁孔旋转一下，发出“咔哒”一声，在寂静中显得格外清脆响亮。家里很暗，灰尘和夜色疲惫地停留在房间里，懒得迎接这个贸然闯入的人。

周睽走进去，没有开灯，任由夜色吞没自己。她觉得自己什么都没有做，却又疲惫不堪，她很想离开这里，又不知道去哪里。周睽不知道为什么又拿出了时樱的信，然后坐在阳台上，身后没有开灯的家像一个巨大的空壳，周睽就坐在空壳的边缘，望着远处的万家灯火。晚风吹拂着她的脸颊，她惊讶地发觉晚风居然是这么温柔的事物。温柔得简直让人想哭，她这样想，然后就真的掉下泪了。她觉得很难过，不仅是为了时樱和阿云，还为了自己，为了她的弟弟周铭一，为了她那一辈子柴米油盐的父母，为了这个家里发生过的各种伤心和难过，为了她在这个地方经历过的一切磕磕绊绊，也为了别人，为了那些昏暗的角落里她尚未知晓的一切。周暌握着厚厚的信封，无声地哭个不止。

第二天回了一趟老家，祭了爷爷的坟。其实这是周暌三年来第一次正式去爷爷的坟前，虽然两年前，爸爸曾带着她经过坟边那条田间土路，为了去参加另一个老家长辈的葬礼。

似乎除了不断传来死亡的讯息，“老家”这种场所再也没有它存在的证明，一个接一个的死讯，直到某天最后一个死讯之后，你关于它的所有牵连都被删除干净了

“看见了吗？你爷爷的墓就在那里。”

“什么？”周暌正在后座打瞌睡，听到爸爸的声音有点茫然。

“那边，那棵树旁边，第二个。”爸爸一手扶在方向盘上，一手指着窗外。周暌顺着望去，荒凉的田野里散落着很多小土丘。她脑袋正晕乎着，还没找到爸爸口中的那棵树，而且那些土丘似乎都是围绕在树旁边的，没有明确的方向和规律。

“看到了吗？”

“嗯。”周暌含糊不清地应了一声。

这次回去，周暌终于看到了那座坟，确实是在一棵枯树的旁边，但跟别的坟墓也没什么不同，她也完全没有信心再从这里经过时能认出爷爷的坟。不过这也没什么，能否认出一座坟墓又不是什么要紧的事。

十三

从老家再回到城里已经是晚上，周暌一到家就开始收拾她的行李。

“姐姐！”周铭一敲周暌的门了。

“怎么了？”周暌开门，看见他拿着她的书。

“对不起哦，姐姐。下次我不让妈妈翻你的书柜了。”他把书双手递给周暌，然后道歉。

“没事。”周暌接过来，“我说得也太过分了。”

周铭一没有离开的意思，周暌突然想到了什么，转换了话题：“对了，你最近在学校还好吗？不是明年就要考高中了吗？会不会有压力？”

周铭一没有想到姐姐会突然问这个，就支吾着说：“啊……还好，成绩虽然不是特别优秀，但也不用很担心。”

“哦，那就好。有什么烦恼可以跟我说说，虽然我也不一定帮到你。”周暌笑着说。

“嗯。”周铭一也笑了。

“下次想看我的书，给我打个电话就好。”周睽一边把书塞回书架，一边说，“我还能直接告诉你在哪里，省得你找太久。”

“可以吗？”周铭一走进姐姐的房间，突然有点小激动。他微微仰视着周睽的书架，眼神中都是掩饰不住的羡慕。

“嗯，当然可以。”

“姐姐，”周铭一突然又说，“其实，爸妈不让我看你的书，也不让我买书。我偶尔看本你的书，也要求他们半天，表现得好一点，跟他们说很多好话。”

“为什么？”

“因为，”他看着书架上的书，似乎是在故意躲避姐姐不解的眼神，“因为，他们不想让我变成你的样子。”

周睽一时没有明白过来他的意思：“你说什么？不想变成我的样子？”

“是爸妈不想让我变成你的样子。当然了，我也不想变成和别人一模一样的人，但不是说我不喜欢你。”

周睽慢吞吞地重复他的话：“爸妈不想让你变成我的样子。”然后像做总结一样说道：“意思就是他们不喜欢我这个女儿的样子，所以不想让小儿子重蹈女儿的覆辙。既然女儿喜欢看书，说不定就是这些书让她整天神经兮兮的，那就不让儿子看书，儿子就不会变得神经兮兮的了。”周睽说完，嘴角露出一个无奈的笑，“你觉得我神经兮兮吗？”

周铭一沉默了片刻，周睽能从侧脸的神情看出来他在很认真地思考，她突然觉得他现在只是个可爱的小男孩。

“嗯，有时候是有一点，”他语气很严肃地说，“有时候你确实有点情绪化。”

“情绪化”，听到这个词从初三的弟弟口中严肃地说出来，周暌忍不住笑了一下，但没有出声，怕周铭一看见，就赶紧收回笑容：“啊？真的吗？”

“不过可以理解。”周铭一转过来看向姐姐，周暌更真切地意识到他们俩的视线几乎在一条水平线上了。

“可以理解吗？”

“嗯，差不多，那种心情也可以理解。有时候自己并没有做错什么，却莫名其妙地遭到惩罚，或者身边总是发生些无力改变的事情，害得自己对自己丧失信心。”周铭一合上了手里的书，视线落在书脊上，眼神却越过了书脊，像是在努力辨别书脊后面隐藏的事物。

他早就不是小男孩了，周暌想。“谢谢理解。”她只是这样说。

周铭一像是没有听到她的回应，过了一会儿，又自顾自地说：“说是理解，其实是我也很能体会。你回来的前几天，爸妈又吵架了，爸爸摔了一个玻璃杯。我替妈妈挡，结果手臂被划伤了，伤口不大，但是流了血。”他说着，卷起袖子，小臂上赫然一块绷带，“幸好划到了我，他们才停下来。带我去医院包扎的时候，他们一直都是很担心很紧张的表情，但是即使看到那种表情，我也感受不到他们对我的关心。我觉得好累啊，好像每次别人做错事，受惩罚的都是我，总是我来承受他们的任性。他们不想让小孩子看书，我看个书就像做贼似的，他们不如意可以随便对家人恶语相加，我就要默默听着，胆战心惊。有时候我就想，我姐姐以前，也是这样过来的吧？我有时还能得到姐姐的安慰，她还要顾及一个不懂事的弟弟，是不是比我更委屈？虽然爸妈总告诫我，不要像你那样，神经兮兮的，莫名其妙地情绪低落，莫名其妙地对一件小事纠缠不休。但是我总觉得，姐姐你其实一直很委屈吧？”

周暌愕然。

“但是我一直都不了解姐姐，你没有跟我讲过你那么远的大学里的生活是什么样的，毕业没有跟我讲过你的初中和高中。我都是听爸妈说的，他们说你高中的时候很糟糕，敏感又固执，除了看一些乱七八糟的小说之外，什么都不懂，给家里人带来了很多麻烦，让我不要被你传染了。”

周铭一若有所思地翻着书，好像能从书中看到他的姐姐：“但是，我觉得姐姐和其他人不一样。姐姐虽然表面上有点冷漠，其实是个很好的人，只不过她有时候过得很不快乐，所以会让别人看上去觉得不可理喻。其实我在学校表现还好，老师和爸妈都对我很满意。学校有个以前教过你的老师，现在教我，他有一次对我说，你和你姐姐完全不一样。但是我总觉得，我越长大，越觉得自己一点一点地理解你了。”

周暌突然笑了：“不会真的是书的缘故吧？”

“说不定真的是。”周铭一配合地装作恍然大悟的样子。

周暌半开玩笑半认真地拍拍周铭一的肩膀，信誓旦旦地说："老弟，你比我更坚强，你的未来一片光明。真的，相信我的眼光，你以后一定活得自由又快活。"

"神经兮兮。"周铭一故作嫌弃地拨开她的手。

周铭一走后，周睽关上门。房间又陷入了寂静，静得像是刚才周铭一在这里说话的场景只是她的幻想一样。她突然觉得灯光很刺眼，就关上了灯，在寂静上又涂抹了一层厚厚的昏暗。周睽拉开窗帘，让夜晚的光进来。她走到阳台上，看着前面遮挡视线的居民楼，除了灰暗还是灰暗，各种各样的灰暗，墙面粉刷物剥落的灰暗，水泥裸露的灰暗。

桌子上的手机突然震动了起来，"呜呜"的声音听起来更像是噪声，吵闹不已。调成振动的手机依然无法无视，振动模式对我来说有什么用？周睽一边在心里抱怨，一边拿起手机看了一眼。

是阿云打来的。

她想都没想就立刻把它塞进了被子里面。

周睽的眼泪突然涌了上来，思念像潮水一般汹涌而至，她感觉此刻无比想念时樱和阿云，想念那个注定不能长久存在的空间。和前天晚上的心动一样，这也是周睽过去从未体验过的情绪。不论是以前升学离开旧朋友还是离家去念书，她从来都没有体会过思念，尽管她知道在什么时刻应该产生这种情绪，她也会适当地表现出来，给曾经的朋友发消息的时候，和家人打电话的时候，"是的，嗯，我也很想你。很快就会见面的。"不过是几句简单的话添上合适的语气，也没有什么复杂的语法，没有老师在上面打红叉。

没什么难的，周暌最擅长在人生中这种无关紧要的地方撒谎。

而现在，在周暌完全不觉得需要思念登场的时刻，它却贸然造访，不由分说地闯了进来。

手机归于短暂的沉寂之后，又响了，好像刚才只是喘口气。微弱的震动声响，像是某种生物的低声呜咽，隔着厚重的被子传出来。周暌盯着床上窝成一团、暗藏着洞穴一样的棉被，沉默地等待着呜咽声再次陷入窒息。

她没有勇气接那个电话，周暌觉得自己很没用。对不起，阿云。她在心里默默地说，她感觉自己在哭，但其实脸上是干燥的，没有一滴泪。对不起。周暌一个劲儿地对那个手机道歉。与其说不知道怎么面对阿云，不如说她现在不知道怎么面对自己。当你不知道如何面对自己的时候，你是无法面对任何人和任何事的。

第二天周六，下午周暌离家返校，还是一家人去送她。

“记得打电话啊。”妈妈把手搭在她肩膀上，忧心忡忡地说。

“她又不是小孩子了。”爸爸不屑道。

“也不是大人！”妈妈反驳一句，爸爸还想再说些什么，但是被周铭一打断了：“到底是几点的车啊？”

“五点半。”其实是六点半，周暌说早了一个小时。周铭一也知道。

“还有一个小时，你还是先进站吧，还可以休息一下吃点东西什么的，不然一会儿时间会不会太紧张了？”

“那你就进站吧。”爸爸也说。

“嗯，好。到学校了就会给你发消息的，妈，放心吧。”周睽说。然后趁父母不注意，感激地向周铭一交换了一个心照不宣的眼神。

周睽背着包，冲家人挥手告别，然后转身走了。她觉得周铭一在身后看着她，想到这一点，她的心情像是晴天放飞的天蓝色气球，无比畅快。周睽没有回头，她脚步轻快地向车站走去。

周睽坐在车站里，拨通了阿云的号码，这次她几乎没有犹豫和迟疑。

“周睽？”刚拨通就接了，好像他一直在手机旁边。

“是我。昨天你给我打了两次电话是吗？”

“是啊。”

“你有什么事吗？”

“我要走了。”

“走了？”

“不在那个地方了，比计划提前了。明天早上走，那里剩下的东西也被我都处理掉了。走得有点急，因为临时发生了一些乱七八糟的事情。”

周睽知道他说的“那个地方”指的是哪儿。

“她的笔记本就留给你吧。”

“我没法还给你了是吗？”周睽有点懵。

“短时间内是没办法了。”阿云说得很委婉。

周睽沉默了一会儿，突然无奈地笑了：“我怎么感觉我在电话里和你说的话比当面说的话还要多。”

“还真是。”

“和你说话的时候都看不到你。”

“但是我有时候可以想象出来。”

“我也是。”周睽的心情没有她的语气那么轻松，心情像是不小心咬到了橘子皮，酸涩滞重的感觉瞬间塞满了五脏六腑，不肯散去。

“那就很好了。”

周睽觉得自己正在沉入水底，车站喧闹的人声像浪潮一阵一阵地拍打在她身上，阿云的声音被这浪潮冲得七零八落。周睽眼睁睁地看着某种很重要的事物无可挽回地一点一点消逝，它消逝的速度缓慢但决绝，旁人的任何行动都无法阻碍它。和时樱见面的最后一个晚上也是如此，只是当时周睽没有意识到这一点，而这一点就是时樱的离去教给她的，一个沉重深刻且带有痛感的教训。

“但是，”周睽深呼吸，她的声音听上去依旧没有多余的波动，“我还是想再见你一面，如果可以的话。”

“再见一面？”

“我从来没有跟谁好好告过别。”周睽说。她心里想的却是，她从来没有在以往的告别中挽留过别人，可能因为太确信告别是人生中不可避免的事情。

阿云短暂地沉默了一会儿："虽然我也很想见你一面，但是我现在可能不适合和过去的人见面。不过，我肯定还会回来的，尽管时间会比较长。"

"好。"周睽像是叹息一样说道。可以理解，先面对自己，再面对别人。

"周睽，我问了时樱的爸爸。你不是说时樱那天是家里有事吗？我就问他那天时樱是不是真的回家了。"

周睽紧张地等阿云讲下去，几乎屏住了呼吸。

"她是回去了。你知道她为什么回去吗？时樱的爸爸在外面喝得烂醉，邻居给时樱打了电话。时樱把他拖到床上就走了。这还是她爸爸偶然告诉我的，他好像现在还不知道时樱那天比赛，还有之后受处分的事。他只知道他女儿死了。"

周睽沉默。

"他甚至连那天为什么喝醉都不记得了。"阿云冰冷地说，"明明……"

明明什么？那些已经发生了的悲剧，明明可以是另一个走向？

"总之，我要走了，也祝你好运，周睽。"

"我觉得我们还像陌生人一样。"

"我有时候也会喜欢陌生人。"

"我也是，我有时候也喜欢。"周睽停顿片刻，窗外的落日像哭红了的眼睛，"那么，再见，阿云。"

"再见，周睽。"